SÉMIRAMIS

SÉMIRAMIS

SÉMIRAMIS,

cinquième tragédie du théâtre de la Rose † Croix

a été écrite pour Mme SARAH BERNHARDT

par le SAR PÉLADAN

et imprimée à quelques exemplaires seulement, tous signés.

EXEMPLAIRE DE M.

PERSONNAGES

SÉMIRAMIS.

NARAM-SIN, pontife.

OURKAM, mage.

ZAKIR-IDDIN, général d'Assour.

KETH-AOUR, prince royal d'Égypte.

CHŒUR DE CHEFS MILITAIRES. — Cortège et figuration de prêtres et de guerriers.

L'action se passe à l'époque légendaire de l'Assyrie.

SÉMIRAMIS

ACTE PREMIER

LA REINE

La Scène représente la terrasse du temple d'Istar, entièrement isolée dans un panorama et n'a d'autre accès que la large rampe qui monte de gauche à droite. Au milieu, statue de la déesse.

SCÈNE I

NARAM-SIN (seul).

Cette aube est l'apogée d'Assour; moment unique dans l'histoire,
où l'univers se tait, craintif et recueilli,
devant l'astre éclatant d'une cité à son zénith.
Bientôt, retentira, jaillie du cœur assyrien,
une clameur de joie, immense !
Sémiramis, la reine qui surpasse les rois,
rentrera dans sa ville, éblouissante de victoires !
Elle a courbé au joug et forcé au tribut
l'aïeule des nations, l'Egypte vénérable !
Mais, tandis que Ninive pavoise ses palais jusqu'au faîte,
jonchant ses rues de tapis et de palmes ;
parmi la fièvre et l'apprêt triomphal ;
seul avec mon souci, au sommet de ce temple,
je médite, voyant déconcerté par sa vision !
En ce livre du ciel, où les mots sont des mondes,

j'ai lu une menace obscure.
Sémiramis, toujours heureuse en ses conquêtes et le glaive à la main
verra son étoile blêmir, sitôt la cuirasse quittée :
présage inexpliqué, qui défie ma vieillesse
et m'a forcé de recourir aux mages Kaldéens.
Malgré la haine séculaire des races,
ces orgueilleux penseurs ont besoin que j'arrête
le glaive assyrien, en son essor cruel :
Ourkam viendra, babylonien subtil, devin vanté.
La terrasse d'Istar est propice aux secrètes paroles.

SCÈNE II

NARAM-SIN aperçoit OURKAM montant la rampe.

NARAM-SIN

Autant que l'aspect traduit l'âme, jeune encor, par la pensée froidı
c'est bien celui que j'attendais.

OURKAM (arrive sur la terrasse).

Ourkam, mage de Babilou à Naram-Sin, pontife de Ninive
lumière et gloire !

NARAM-SIN

Naram-Sin, pontife de Ninive à Ourkam, mage de Babilou,
gloire et lumière !

OURKAM

Le collège sacré m'envoie connaître ton dessein :
travailleurs de l'Esprit, nous refusons nos mains
aux œuvres d'égoïsme et de brutalité !
L'as-tu pas oublié, en demandant notre aide ?

NARAM-SIN

Toujours ce même orgueil de la pensée stérile !

OURKAM

Tu n'es qu'un prêtre : je suis mage !
Tu t'appelles « le fait »; je me nomme « l'idée »;

tu sers aveuglément ton pays et ta race,
je reflète la lumière incréée, ma ville... c'est l'Eternité.

NARAM-SIN

Il s'agit... de veiller sur un être...
de bien scruter un cœur... et de guetter des nerfs...

OURKAM

La mission est au-dessous de moi :
ceux d'entre nous qui étudient l'instinct des bêtes,
liront sans plus d'effort une âme assyrienne.

NARAM-SIN

Prêtre et vieillard, je porte une double tiare !

OURKAM

Tiare sans science, cheveux blancs sans bonté !

NARAM-SIN

Tu me confondras mieux, en expliquant cet horoscope.

OURKAM

Magnifique destin de règne et d'immortalité ! Cependant...
Adar paraît au signe du Scorpion, Istar, à celui de la Vierge !
Le péril se cache dedans la volonté,
au plus intime de la vie et de l'être.

NARAM-SIN

Si le salut de Babylou était lié à cette vie, craindrais-tu ?

OURKAM

Je craindrais !

NARAM-SIN

Eh bien ! cet horoscope est celui de Ninive !

OURKAM

Non... de Sémiramis ?

NARAM-SIN

Eh ! comment séparer le corps de l'âme, la forme de l'idée.

le destin de Sémiramis de la fortune assyrienne.
Elle est la vie, elle est le cœur, elle est le sort !
Elle incarne Assour et sa gloire !
La formidable armée recrutée par Ninos et qu'il menait à la victoire,
est devenue une légion de mâles, mystiquement épris.
Ces cent mille guerriers sont les cent mille amants
de la femme qui les commande ;
ils portent au combat la flamme de leur cœur.
Ce sont des fanatiques dont elle est, à la fois « La Patrie et les Dieux ».

OURKAM

Je suis intéressé : j'accepte la mission.

NARAM-SIN

Sur la reine prodigieuse, fixe tout ton esprit.
Tu connais la légende : Derkéto, déesse d'Ascalon
brûla d'amour pour un pontife de son temple.
Bientôt honteuse et renonçant à l'immortalité,
elle tua le prêtre, elle exposa l'enfant.

OURKAM

La fable...

NARAM-SIN

La fable est vraie ! Simmas me l'a dite lui-même.
Chaque jour, des colombes venaient emplir leur bec de lait caillé
et s'enfuyaient vers les mêmes rochers,
où des bergers trouvèrent une enfant, de beauté merveilleuse,
que les oiseaux d'Istar réchauffaient, en l'enveloppant de leurs ailes !
Simmas, qui l'adopta, l'appelait sa colombe !
Menonès, gouverneur de Syrie, l'ayant vue, à quinze ans, l'épousa.
Elle voulut le suivre aux guerres Sogdiennes ;
devant Bactres, son impérial génie se révéla !
Ninos avait perdu trois années, cent cohortes,
la ville paraissait inexpugnable.
Sémiramis trouva un moyen d'escalade ?

OURKAM

Quel moyen, sinon sa beauté offerte à un chef bactrien?

NARAM-SIN

Je ne sais : mais la ville fut prise
et Ninos subjugué par tant d'audace unie à tant de charmes,
sur le front de l'enfant trouvé posa son diadème.

OURKAM

Menonès ?

NARAM-SIN

Menonès se pendit ;... Ninos mourut bientôt..

OURKAM

D'une mort naturelle ?

NARAM-SIN

La mort des rois s'entoure de mystère :
on y voit, à son gré, la main du crime, le doigt de Dieu !
Sémiramis saisit le sceptre d'un mouvement sublime ;
dès lors, rien de la femme, en elle, ne parut.
Elle a soumis l'Afrique et l'Asie presque entières,
détruisant et fondant à tout coup des empires :
Elle crée Ecbatane et détourne l'Oronte... (Trompettes).
Voici qu'elle revient, triomphante d'Egypte !

OURKAM

Elle a interrogé le fameux oracle d'Hammon.
La réponse est conforme à ton anxiété.

NARAM-SIN

Révèle-moi...

OURKAM

Tous les temples se questionnent et s'avertissent ;
mais Ninive est exclue, pour sa brutalité.
(Il déroule l'horoscope.) Le présage menace la femme.
Dépouillons cette reine de toute majesté, voyons son âme nue.

NARAM-SIN

La vénération m'aveugle !

OURKAM

Enfant trouvée, qu'un intendant adopte

sans amitié pour Menonès qui la tira de l'ombre,
rivale, sinon meurtrière de Ninos qui lui donna le trône.....

NARAM-SIN

Elle éleva à sa mémoire, au milieu du palais,
une pyramide splendide.

OURKAM

La crois-tu innocente ?

NARAM-SIN

Elle s'appelle Sémiramis la Grande ! (trompettes.)

OURKAM

On prétend quelle met en son lit ses plus beaux officiers.

NARAM-SIN

Imposture ! Heureux de leur seul dévouement,
jamais ils n'ont rêvé le baiser de leur souveraine !
Zakir-Iddin lui-même se croirait fou, s'il espérait !
Le jour — ô Dieu ! qu'il ne luise jamais ! —
où la colombe des combats deviendrait la colombe amoureuse,
on verrait mutinée, dispersée et détruite, notre invincible armée !

OURKAM

Qui vient ?

NARAM-SIN

Aucun, sinon par ordre de la reine.

OURKAM (se penchant sur le créneau).

Un guerrier ?

NARAM-SIN

Zakir-Iddin ! Tu connaîtras par lui
le véritable sentiment des légions ninivites.

SCÈNE III

NARAM-SIN. — OURKAM. — ZAKIR-IDDIN

ZAKIR-IDDIN (à Naram-Sin).

Sémiramis, notre reine sublime, a choisi la terrasse d'Istar
pour y suspendre son glaive de combat.
Elle y veut venir seule, prier,
et que l'encens lui soit offert au seuil!

NARAM-SIN (à Ourkam).

Jadis, elle vouait son bouclier à l'autel de Nergal?
(à Zakir-Iddin) La joie au cœur, malgré les lourdes années,
je vais présenter l'encensoir à la reine admirable. (Exit.)

SCÈNE IV

OURKAM. — ZAKIR-IDDIN

OURKAM

En toi, Zakir-Iddin, beau manieur de glaive,
je salue la déesse d'Assour.
Malgré ma mitre, ébloui de ton sort, je t'envie
de combattre et de vaincre, dans le rayonnement de son regard.

ZAKIR-IDDIN

Oui, tu peux m'envier!
Tes Dieux sont de bois et de pierre, immobiles, muets, indifférents.
Elle est vivante; elle est aimante et cependant déesse!
La lance au fer brillant, voilà la torche de son culte,
elle a pour rites la bataille et son mystère s'appelle la victoire!

OURKAM

O noble enthousiasme!

ZAKIR-IDDIN

Il faudrait la louer en paroles sacrées,

et mettre dans les hymnes son nom, parmi les noms divins!
Seul la connaît qui a vécu dans son sillage,
et parcouru l'Asie en fixant son cimier.
Quand l'armée, harassée, criant la soif, refusait de marcher,
elle lançait son char au flanc des troupes
et sa vue ranimait les plus las; son regard éteignait les murmures.
Lorsque le camp dormait, je l'ai vue d'un pas surnaturel
glisser parmi les tentes, illuminant la nuit du feu de ses prunelles :
sa sublime paupière ne se baisse jamais.
Au combat, impassible, criant, d'une voix brève, des ordres sûrs,
prévoyant, inventant, comme au siège de Bactres;
et le soir des batailles, confortant les blessés par son grave sourire!
Vainqueur, le soldat jouit et se repose : il a fait son effort.
Sémiramis métamorphose l'homme de guerre en homme de métier.
Quand nous avions vaincu, il nous fallait construire;
le lendemain d'une conquête, elle ordonnait un monument (trompettes).

OURKAM

Tu l'aimes !

ZAKIR-IDDIN

Parole épouvantable! Qui t'a dit mon secret? Tu me l'as arraché?
Qu'importent les ardeurs qui consument mon âme, si je les tiens cachées ?
Astre aux rayons égaux, Sémiramis, équitable et sereine
échauffe tous les cœurs d'une même lumière ;
sa face auguste est le soleil d'Assour.

OURKAM

Ce visage sublime, l'as-tu vu s'attendrir?

ZAKIR-IDDIN

Je l'ai vu s'adoucir pour le prince d'Égypte,
qui s'offrit en ôtage, quand elle demanda garantie du tribut,
Keth-Aour, le joueur de cithare et qui ressemble à une femme!
Cette humiliation d'orner le triomphe, en vaincu,
il l'implora, comme une grâce !

OURKAM

Sémiramis est libre de son cœur.

ZAKIR-IDDIN

Non, de par tous les Dieux !
Elle est l'amante des légions, l'épouse de l'armée
et se donnant à un, elle en trahit cent mille,
qui tous ont même droit, ayant même mérite !
Ah ! si elle oubliait ! à quel prix,
nous épuisons nos veines pour empourprer sa gloire ;
si elle osait choisir, parmi tant de passions égales,
si elle osait aimer ! Malheur sur Ninive et sur elle ! (trompettes.)

SCÈNE V

ZAKIR-IDDIN. — OURKAM regardant KETH-AOUR monter la rampe.

OURKAM

Cet aspect gracile et hautain, cette jeunesse héroïque et rêveuse,
voilà celui qu'elle aimera !

ZAKIR-IDDIN

Que viens-tu faire ici, vaincu ?

KETH-AOUR

J'obéis, comme toi, à la reine admirable et j'obéis bien mieux :
tu oublies, dans ta brutalité, notre serment qu'elle exigea
de rentrer nos colères ? Pourquoi donc m'attaquer
de paroles mauvaises, en des querelles sans issue ?
Le rut des fauves ainsi se manifeste et non l'amour des hommes :
ils veulent plaire et non pas violenter.
Si tu es préféré, je ne puis que me taire et mourir ;
si sur toi, je l'emporte, voudras-tu opprimer celle que tu adores ?
Honore-la dans son vouloir, même s'il t'est contraire.
Nous levons-nous contre les dieux, quand ils repoussent nos prières ?
Suivons donc en amour la marche religieuse :
pieux et implorants, empressés et mystiques,
mais sans murmure aux coups de la Divinité.

ZAKIR-IDDIN

Tu parles ainsi que tu combats, en rêvant.

Je t'ai vu lancer ton char dans la mêlée,
comme à la chasse et le glaive au fourreau.

KETH-AOUR

J'étais au premier choc, j'étais au premier rang ;
et j'affrontais la mort, sans daigner la donner.
Tu t'es battu, Zakir, comme un soldat.
Le Pharaon paraît et s'il n'est pas vainqueur
par sa présence même, c'est qu'Hammon l'abandonne !

OURKAM (à Keth-Aour).

Dans la passion, suis la même maxime : c'est le conseil d'un Mage !
Retourne vers le Nil ou tu mourras de ton amour !

KETH-AOUR

Vivre selon son vœu et mourir de son rêve,
formule véridique du terrestre bonheur.
Que demain soit la mort, si aujourd'hui, une heure,
je suis aimé de la Colombe.

ZAKIR-IDDIN

Il ose...

KETH-AOUR

Sémiramis règne sur mon désir et non sur mon esprit ;
c'est l'Isis adorée, mais c'est l'Isis terrestre.
Le sceptre t'éblouit, Zakir, moi, je suis prince de Memphis,
je ne vois que la femme au charme incomparable.
Oh ! attendrir ces yeux où passe le mirage
des villes saccagées, des entrées triomphales,
ces yeux, où se sont reflétés les nuages de tant de cieux !
Faire trembler la voix qui commande à l'Asie,
froisser sous ses baisers cette orgueilleuse bouche,
sentir l'étreinte de ces bras de héros,
posséder cette chair où la nature entière a posé sa caresse
et dans sa chevelure retrouver les brises fauves du désert...
Voilà l'ivresse et la suprême joie qu'on payerait de sa vie !
Sémiramis c'est l'univers entier sous les traits d'une femme (trompettes).

SCÈNE VI

OURKAM, ZAKIR-IDDIN, KETH-AOUR sur la terrasse, appuyés au créneau. LE CORTÈGE : Les canéphores montent la rampe à reculons, lançant des fleurs devant eux : Les thuriféraires suivent à reculons, encensant devant eux et se rangent au créneau de face. Les dix porte-insignes s'alignent le long de la rampe : enfin SÉMIRAMIS paraît lente et hiératique : elle porte le costume de guerre assyrien. Derrière elle, les dix CHEFS de légions en armes : puis des GUERRIERS en désordre. Au sommet de la rampe Sémiramis se retourne. Grand silence.

SÉMIRAMIS

Vous, qui êtes mes bras ; Vous, qui êtes mes mains ;
O lances acérées, flèches rapides, glaives étincelants,
Hommes d'Assour, courageux Ninivites ; vétérans de Ninos
et vous, jeunes héros que guide mon cimier !
vous dont les veines charrient de la victoire,
Guerriers du Tigre ; mes guerriers ! mes guerriers !

(Elle s'arrête comme extasiée : sonnerie brève et stridente.)

LE CHŒUR (tirant le glaive et frappant le bouclier).

Sim (mi) ra mout — Sim (mi) ramout.

SÉMIRAMIS

Quels lauriers enrouler à ton glaive sublime
et quels honneurs te dédier, ô mon armée ?
Si je pouvais vous métamorphoser,
O mes cent mille, en un seul homme :
la récompense... serait... Sémiramis !
J'entrerais en son lit et j'offrirais à sa caresse
mon corps qui se souvient seulement
de l'étreinte du fer ! Ce rêve est impossible !
Mais que chacun le fasse et le porte en son cœur !
Je vous englobe tous dans mon ardeur de femme !
Ninos n'aura jamais de successeur !
Je suis l'amante des légions, l'épouse de l'armée !
Soldats, soldats d'Assour, humbles ou capitaines
Moi, Sémiramis, je vous aime !
de tout mon cœur et de toute ma chair.

(Sonnerie brève.)

LE CHŒUR (même effet).

Sim (mi) ramout — Sim (mi) ramout.

SÉMIRAMIS

Apportez l'insigne des légions au baiser de Sémiramis.

(Le porte-insigne se détache du mur, prend le milieu de la rampe et un genou à terre incline l'insigne vers la reine.)

Vétérans de Ninos, constructeurs de ma ville
O fils de mon époux, à vous d'abord mes lèvres...

LE CHŒUR

Sim (mi) ramout (sonnerie et frappement du bouclier).

SÉMIRAMIS

Légion de Bactres, te souviens-tu ?
Depuis la ville inexpugnable, combien d'assauts victorieux !

LE CHŒUR

Sim (mi) ramout (même effet).

SÉMIRAMIS

O vous que j'ai séduits et non conquis, Babyloniens,
semant, sans partialité, les monuments sur le Tigre et l'Euphrate.

LE CHŒUR

Sim (mi) ramout (même effet).

SÉMIRAMIS

Par toi, légion médique, les créneaux d'Ecbatane
le paradis du Bagistan, témoignent ma grandeur
aux œuvres de la paix, comme aux batailles !

LE CHŒUR

Sim (mi) ramout.

SÉMIRAMIS

Arméniens, la ville que je nomme, au bord du lac de Van
Sémiramocerta, s'éleva par vos mains !

LE CHŒUR

Sim (mi) ramout.

SÉMIRAMIS

Légion de Cilicie, la splendide cité, Tarse, naquit de tes victoires !

LE CHŒUR

Sim (mi) ramout !!

SÉMIRAMIS

Et vous, mes Syriens, vous qui m'avez suivie
de l'Euphrate au Taurus, à travers les chaînes de Liban
perceurs de monts et détourneurs de fleuves !

LE CHŒUR

Sim (mi) ramout !!!

SÉMIRAMIS

Légion d'Ethiopie, vaillante !
et toi, Légion d'Egypte qui m'as soumis le Nil !
et toi enfin, légion de la Colombe, ma garde et ma sécurité !

LE CHŒUR

Sim (mi) ramout.

SÉMIRAMIS

Et maintenant, allez vous réjouir,
levez les coupes, partagez le butin,
montrez vos cicatrices et chantez vos prouesses.
Moi, je vais songer près des Dieux.

LE CHŒUR

Sim (mi) ramout, Sim (mi) ramout ! (Sémiramis les regarde descendre.)

SÉMIRAMIS (apercevant Zakir).

Allez (à Keth-Aour, plus doucement) Allez aussi.

(Le Mage reste comme inaperçu, immobile, au fond de la terrasse.)

SCÈNE VII

SÉMIRAMIS (qui se croit seule) et OURKAM

SÉMIRAMIS

Oui, la victoire est belle, tout le temps du combat
et le sceptre attirant à la main dépourvue !
Choses souhaitées, choses cherchées, hélas, choses conquises !
Un peuple entier s'enivre à prononcer mon nom
et ma gloire est certaine : elle défie le temps.
Je devrais exulter : je suis paisible et presque indifférente.
Les Dieux, en choisissant les rois, leurs vicaires
les rendent insensibles sitôt que tout-puissants.
J'étais née pour languir, fleur de chair précieuse
dans la pénombre tiède d'un palais.
J'ai le corps d'une femme ; j'ai subi deux époux :
mais mon cœur héroïque et mâle a contredit et la forme et la chair.
Aux hommes les plus grands, mes actions m'égalent :
succédant à Ninos, je l'ai fait oublier.
Des eaux de l'Hinaman jusqu'au pays des baumes,
des rives syriennes aux montagnes des Sakes, je règne.
Aucun d'Assour ne connaissait les mers, j'en ai vu quatre
J'ai dit au fleuve : « Détourne-toi et viens ici »
et je l'ai dit selon l'utilité. J'ai peuplé les déserts
et transformé en paradis le faîte des montagnes,
Partout où j'ai passé, se dressent aujourd'hui d'inexpugnables citadelles.
Vainement la nature me barrait le chemin
à travers l'écume des torrents et le flanc des montagnes,
j'ai fait rouler mes chars, là où les fauves ne se hasardaient pas.
Je domine, à cette heure sur la moitié du monde.
Mes steles de victoires dressées sous tant de cieux
et ce cours incessé de fabuleux exploits
tout cet excès de gloire qui m'apparente aux Dieux ;
un tel rayonnement s'obscurcirait pour un présage,
invention perverse de prêtres cauteleux !
Je m'embarrasserais de leurs conseils bizarres

Et d'un oracle obscur j'assombrirais ma route ?
Hammon n'est pas mon culte ; et voici mon époux !
Quitte mon flanc où quinze ans tu vécus, glaive,
tu vas dormir, je te consacre à la déesse pacifique,
glaive, vivant éclair de vérité, ô geste tout-puissant
unique Loi du monde, seul droit et seule Majesté !

(Elle rêve un instant, accroche le glaive au piédestal, aperçoit Ourkam.)

Qui ose demeurer, quand j'ai dit de partir ?

OURKAM

Ourkam, mage de Babilou.

SÉMIRAMIS

J'ai vaincu Babilou ; ses mages sont mes tributaires.

OURKAM

L'aigrette de ton casque a soumis tous les vents
et la mer a baisé, servilement, ton pied : Reine, tu peux le croire ;
mais l'Esprit, l'Aigle d'éternité plane au-dessus du glaive ;
le Mage te salue, Sémiramis, sans se courber.

SÉMIRAMIS

La magie enseigne la prudence.

OURKAM

Naram-Sin m'a mandé : un oracle...

SÉMIRAMIS

Quel oracle encor m'intéresse après celui d'Hammon ?

OURKAM

Tu ne l'as pas compris !

SÉMIRAMIS

Imposteur, tu l'ignores ?

OURKAM (fatadiquement).

Reste debout dans,la forêt des cèdres :
si tu t'assieds, si tu t'endors à l'ombre de l'un d'eux ;
tu verras la forêt entière arracher ses racines du sol,
et fuir comme un troupeau de béliers en folie.

SÉMIRAMIS

Les prêtres de l'Egypte ont livré mon secret!

OURKAM

Le secret appartient à celui qui l'explique

SÉMIRAMIS

Il est donc à moi seule!
Les cèdres figurent mes conquêtes,
les pays ravagés et les peuples soumis.
Je ne dois pas me reposer sur ces terres lointaines,
et docile à l'oracle, je suis venue poser mon glaive, ici.

OURKAM

Les cèdres représentent ton armée, tes ôtages
ce troupeau mâle que l'amour entraîne en ton sillage
Ton sceptre est ferme et sûr; va, ne crains rien du sort.
Ton péril, c'est ton sexe.

SÉMIRAMIS

Je suis du sexe des héros, des demi-dieux, des fondateurs d'empire,
je suis du sexe de l'épée!
Là, où naissent les rois, mon génie m'a monté.
Je ne dois rien au sort; ma gloire je l'ai faite!
Mon sexe, c'est ma volonté.

OURKAM

L'arc vibre encor, après le trait lancé,
tu sens, dans ta veine, courir la fièvre conquérante;
lorsque l'inaction t'accablera aux nuits insomnieuses,
tu comprendras mon avertissement.
Le Sar pendant l'exploit, le Mage en son extase
dépassent l'étiage mortel:
après ces grands moments, le demi-dieu redevient homme
malade dans son corps, inquiet dans son esprit.
La guerre remplissait ton cœur, tu vivais pour la gloire:
de cette paix si neuve, Reine, que vas-tu faire?

SÉMIRAMIS

Suis-je donc seulement, brutale et militaire?

Mes monuments égalent mes trophées!
L'exemple de l'Egypte est toujours devant moi.
Temples, palais, canaux, jardins et forteresses m'occuperont assez.

OURKAM

Non, non, l'amour t'enserre en sa fatalité!

SÉMIRAMIS

Vois-tu les animaux différents s'accoupler,
la lionne subir autre que le lion!
Où donc est l'homme, mon semblable? Nimroud va-t-il renaitre?
Parmi les rois vivants, je n'ai que des vassaux!
Zakir-Iddin exhala devant toi sa passion folle.

OURKAM

Tu n'aimeras qu'un être à toi-même opposé.
Tu ne peux recevoir et tu voudrais donner!... Keth-Aour...

SÉMIRAMIS

Cet enfant, cet éphèbe ébloui qui me rappelle mon fils Nynias
et qui ne fût jamais venu au bord du Tigre,
s'il ne garantissait le tribut égyptien.

OURKAM

La reine admirable répond, quand j'avertis la femme :
tu es à ce moment de l'âge où la plus ferme dément son vœu

SÉMIRAMIS

Tu n'as de singulier que ton audace : va.

OURKAM

Et si l'événement confirmait ma menace?

SÉMIRAMIS

Digne alors de pires traitement, je subirais ta présence.
Jusque-là évite mes yeux.
La mitre ne sauverait plus une tête insolente. (Exit Ourkam.)

SCÈNE VIII

SÉMIRAMIS (seule).

A peine je respire, après quinze ans d'exploits
que la fable à l'histoire un jour disputera,
et l'on m'ose avertir que je porte, en moi, ma défaite ;
et que démolissant mon œuvre de mes mains
aux pages mémorables d'un insigne destin
je donnerai une issue lamentable.
Le sort me fut fidèle et je me trahirais ! Dérision !
Dans un ouragan de victoires j'ai marché jusqu'ici :
mon souvenir confond parfois les lieux de mes batailles :
j'ai pris des villes dont j'ai perdu le nom.
Surmontant tant d'obstacles, entassant les prouesses
j'échouerais à une amour vulgaire,
démentant une vie d'énormes travaux, une immortelle suivie
Hammon venge l'Égypte, en menaçant ma gloire !
Suis-je donc une femme, pour que l'instinct me couche
aux viletés du désir et du sexe !
La veille des combats, quand je passais parmi les tentes,
mon nom sortait avec un souffle rude de leurs poitrines :
même contre l'Amour, mon armée me défend !
Ridicules passions des mortels ordinaires,
désordre et rêverie et fureur et chimères,
ô banales erreurs, fantômes décevants
Disparaissez, vision des faiblesses !
Je veux unir, aux couronnes guerrières, le calme éclat de l'olivier,
j'égalerai aux œuvres pacifiques l'essor prodigieux de la colombe armée.
Je ferai de Ninive, la merveille du monde,
émule des grands rois qui dorment, pleins de gloire,
leur sommeil surhumain au flanc des Pyramides.
Qui saurait la victoire sans la stele
et les fastes royaux sans le calame des scribes ?
Je veux séduire les austères penseurs
qui font les renommées durables et sereines.
Oui, je réunirai tous les rayonnements d'une Divinité humaine
et l'oracle a menti : je resterai debout dans la forêt des cèdres.
Je suis Sémiramis la Grande !

ACTE II

LA FEMME

Chambre de Sémiramis au palais de Ninive; luxe colossal de proportions, efféminé aux détails, trois hautes baies au fond, drapées de haut en bas. La Reine est étendue sur un lit en désordre. C'est la nuit, un rayon de lune erre sur le lit déjà éclairé par un lampadaire.

SCÈNE I

SÉMIRAMIS

Oh ! que les nuits sont longues et leur silence lourd,
en face des démons pervers de l'insomnie !
Je ne sais plus dormir sur des coussins ;
les voûtes du palais oppressent ma poitrine.
Hier encor, c'était le cri des sentinelles, le hennissement des chevaux
et le heurt des aciers se mêlait aux éclats de trompette.
Au rythme fort de cent mille poitrines, je reposais,
roulée dans mon manteau, la tête sur ma selle.
J'ai vieilli : je ne le voyais pas au miroir mouvant des fleuves,
ni dans les yeux extasiés de mes soldats.
Sortant de la cuirasse, mes bras semblaient de bronze ;
je ne sentais ni les plis de la tempe, ni les cordes du cou.
J'ai vieilli ! — Colombe de Simmas,
vierge que Menonès aima auprès de la fontaine,
héroïne de Bactres, jeune femme qui enchantas Ninos,
comment te reconnaître, sous mes traits fatigués ?
Un mystère profond plane sur ma naissance :
ma mère Derketo, la déesse tombée,
m'abandonna à peine vagissante :

de célestes nourrices vinrent à mon berceau.
A ma vue, le vieux Simmas se sentit un cœur paternel.
Menonès, tu ne survécus pas un jour à ma perte !
Ninos, tu préféras hâter ta mort que ralentir ta joie ;
j'évoque vos transports, ces délirantes joies que je donnais avec étonnement :
je réentends la bégayante idôlatrie de vos paroles :
quel mystère adoriez-vous en moi ?
Après la bataille de Van, un soldat mutilé hurlait une agonie atroce,
je me penchai sur lui, j'allumai dans mes yeux
cette flamme invincible qui subjuga Ninos,
et la face du misérable sourit et rayonna.
Comme il allait mourir, j'approchai ma lèvre de la sienne,
il exhala son dernier souffle dans ma bouche.
Troublée, pour la première fois, par un contact humain,
j'écoutais vibrer en mon cœur l'écho de ce baiser suprême ;
soudain un cri s'étouffe, un homme tombe et du sang chaud jaillit.
L'officier, témoin de cette scène, s'était mortellement frappé,
dans l'espoir d'un baiser semblable !
Quel pouvoir ai-je donc sur les hommes, que nul homme n'a sur moi.
Les Déesses ont leurs Dieux : je suis seule,
parmi ce peuple qui vit de mon rayonnement.

(Elle s'assoupit). Ourkam lève la tenture de gauche et contemple la reine endormie qui répète les paroles qu'elle entend, en songe.)

« Ne reste pas debout dans la forêt des cèdres ; »
leur ombre est froide et leur feuillage noir !
« Connais enfin la douceur de t'asseoir, de dormir..... »
« Statue, descends du socle ; Reine, descends du trône ;
« Déesse, sors du temple ; idole, deviens femme ;
« C'est assez de grandeurs : sois heureuse ! »
Qui dit cela ? La voix de Keth-Aour !
O doux nom d'un doux être !
Je vois, parmi les palmes vertes, grimacer l'oracle d'Hammon.
Hélas ! (elle se retourne péniblement) le Mage avait raison.....

SCÈNE II

SÉMIRAMIS (rêvant). — OURKAM (s'avançant).

OURKAM

Le Mage est là, ô Reine, qui te veille,
écoutant s'exhaler ton âme inconsciente.
Venu pour accomplir un dessein politique
et servir Naram-Sin en son anxiété,
je me suis pris pour toi, d'un sublime intérêt !
Précieuse est l'affection de l'homme de pensée :
tu resteras Sémiramis la Grande ; car Ourkam le promet.

SÉMIRAMIS (rêvant).

Lasse d'être idole, je voudrais adorer
et sentir à mon tour les joies du fanatique !

OURKAM

L'humaine volonté contrarie un moment
les infaillibles lois de la nature
mais comme elles se vengent tout à coup, implacables !
Quinze années cette femme a pu nier son sexe
et voici que l'amour surgit, ardent au seuil de la vieillesse.

SÉMIRAMIS (rêvant).

Dans un palais d'Égypte oubliée, inconnue
vivre la vie mortelle et douce de l'amante
qui n'a pour horizon que les yeux adorés de l'amant...
...me souvenir parfois de ma sœur orgueilleuse
qui a soumis l'Asie et qui est immortelle.

OURKAM (il étend la main sur elle).

Que le passé t'apparaisse vivant,
Mesure l'abjection où par toi sont tombés Menonès et Ninos ;
la même te menace !

SÉMIRAMIS

Mes mains durcies à la rêne des chars, au pommeau des épées
seront-elles encor sensibles et propres aux caresses?

OURKAM

Un si mâle génie faiblir et ainsi s'effarer !

SÉMIRAMIS

Menonès, âme faible qui adora l'enfant sans cœur...
Oui... je fus le vivant bûcher où Ninos sacrifia sa vie.
N'importe! Ils ont vécu d'incroyables délices.
Ce que je leur donnai... — qui me le donnera?

OURKAM

Évoque plus avant, vois ta mère, la déesse déchue,
Si tu cèdes au même vertige, tu seras, toi aussi, réduite à te tuer !

SÉMIRAMIS

Au bord d'un lac sacré aux eaux calmes et claires,
s'élève un temple du culte syrien.
Une femme s'avance dont les traits aux miens s'apparentent
elle se penche langoureuse au cou d'un jeune prêtre;
ils se parlent d'amour, ils se baisent, s'enlacent.
L'ombre du soir descend et me les cache...
Farouche, la femme reparaît, criant des paroles d'effroi,
elle agite une épée.
Ses yeux pleins d'épouvante m'ont aperçue ;
du geste, elle me montre le cadavre de son amant.
Dieux! il ressemble à Keth-Aour !
Ah! je te reconnais Derketo, que viens-tu m'annoncer de funeste ?
O mère, qui m'abandonnas, mère que je n'ai jamais vue.
Elle s'élance et disparaît sous l'eau noire
elle a donc renoncé à l'immortalité !
Voilà son cadavre qui flotte les yeux ouverts, ouverts sur moi :
Horreur, elle veut me saisir, m'entraîner.
Non, non, je ne veux pas mourir de cette mort hideuse.
Pourquoi t'obéirai-je ? Quel lien fut jamais entre nous ?
Ton contact m'épouvante; mais la meneuse de char est robuste
l'horreur me paralyse et non pas la faiblesse
Va mourir seule... Encor? Tu crispes à mon cou
tes bras de morte, je briserai tes bras !
Comme tu m'as abandonnée, je te repousse !
Dénaturée. Arrière! (l'effort la réveille.)
Oh ! Enfin, voici le jour qui chasse les fantômes;

le jour béni qui rend la raison à nos sens.
Où suis-je ? Qui es-tu? Toi encor
héraut sinistre des présages mauvais.

OURKAM

N'as-tu pas dit, que si l'événement confirmait ma menace,
tu subiras ma présence, même importune.
Le sommeil est pour l'âme une vie supérieure
et les songes, comme un miroir d'acier, reflètent le destin.

SÉMIRAMIS

Je sens en toi, Ourkam, un adversaire
mais tu es plus subtil que ceux-là qui m'entourent.
Aide-moi donc à rassembler mes impressions confuses,
je consens à penser devant toi.

OURKAM

J'ai osé repousser les ministres d'État, les courriers de l'Empire;
désormais la fortune d'Assour dépend de ce combat
où la reine Sémiramis lutte contre elle-même.

SÉMIRAMIS

J'ai assez fait pour Ninive et la gloire : je veux vivre pour moi.

OURKAM

La pourpre des puissants t'enserre en ses plis lourds :
aucun monté au faîte ne saurait plus descendre,
il faut mourir dedans ses dignités :
le trône est une apothéose; les Dieux n'ont jamais renoncé !

SÉMIRAMIS

Ils sont les Dieux; et je me sens mortelle!

OURKAM

Longtemps contrarié par ta volonté forte
c'est le sang maternel, qui en toi, se réveille.

SÉMIRAMIS

Elle m'est apparue en songe, cette nuit,
amoureuse d'abord aux bras de son amant

puis frénétique, brandissant une arme sanglante,
je l'ai vu s'abîmer, au sein des eaux sacrées ;
reparaître, flotter et s'animer soudain
pour m'entraîner dans son même trépas,
J'ai dû me défendre contre elle; l'effort m'a réveillé.

OURKAM

Ce songe est plus clair et pressant que l'oracle
et tu l'as cette fois expliqué sans secours :
même faiblesse nécessite même désastre.

SÉMIRAMIS

Le repos du palais succédant à la vie militaire
explique mon humeur incertaine : et que puis-je ?
Remonter sur mon char de guerre et courir vers l'Indus
y chercher la défaite ou attendre à Ninive
qu'une passion funeste vienne me consumer !
Je suis lasse, Ourkam, pour la première fois.
Quand mes guerriers sont harassés
je leur donne un morceau de terre ;
et le preneur de villes cultive doucement un champ qui le nourrit.
Je suis le vétéran des gloires d'Assyrie, je veux me reposer aussi.

OURKAM

Obscure, tu pourrais disposer de toi-même, changer ta vie !
Tu t'appelles la Grande, tu as conquis l'empire et l'immortalité,
tu dois rester et reine et déité,
et ne pas démentir par d'indignes faiblesses
une race qui t'a voué son sang et ses autels.

SÉMIRAMIS

Ninos impunément, malgré sa tête déjà blanche,
élève une enfant trouvée jusqu'au trône
et s'enferme, dès lors, dans le palais des Femmes
sans perdre rien de son autorité.
Et moi, ruisselante de gloire et pure de péché
à peine je dénoue le harnais militaire,
avant que j'aie montré la moindre déchéance
je me trouve avertie, menacée et contrainte.
L'Assyrie n'enferme pas de gardien assez sûr.

Tu viens de Babilou pour être le veilleur de ma folie.
L'univers me respecte, ébloui; et je ne trouve dans ma ville
que censeurs préventifs pour de futurs désordres.

OURKAM

Méprise la menace céleste et blâme Naram-Sin,
accuse enfin mon zèle; mais réfléchis, en reine,
et tu verras, au lieu d'un affront, un hommage
dans le souci qu'on a de ton destin.
Oui, tu as égalé les hommes les plus grands,
mais ton sexe, le crois-tu étranger à ton prestige?
Qu'importait aux légions de Ninos
qu'il prodiguât les baisers à une femme, épouse ou favorite?
Au contraire, suppose une armée d'amazones,
elle serait jalouse de son roi.
Eh bien! l'armée, le peuple, le collège sacré, la nation tout entière,
unanimes pour ton apothéose, te dédieront des autels et des temples
si tu restes l'être surnaturel et sans faiblesse.
Comme ils se sont donnés, éperdûment,
ils s'attribuent des droits, et d'époux, et d'amant!
Tu n'es plus libre d'un acte humain, toi, Déesse d'un peuple,
Ne l'as-tu pas senti, lorsque tu as crié aux chefs extasiés :
« Je suis l'amante des légions, l'épouse de l'armée. »

SÉMIRAMIS

Moi, je serais liée par des mots de harangue,
phrases pompeuses inspirées du décor, du moment!
Je dois compte du trône, des frontières, de la prospérité,
mais non pas de mes nerfs, mais non pas de mes nuits!
Le sceptre a ses devoirs : mais mon corps m'appartient.
Ce que l'ambition seule m'a inspiré, te montre
de quoi je deviendrais capable, si j'aimais!

OURKAM

Tu as eu pour complices de ton sort éclatant
les passions nationales qui reconnurent
leur destin et leur essor en toi.
Mais si tu les trahis,
le passé de son énorme poids t'écrasera.

SÉMIRAMIS

Je lutterai, s'il faut, contre ma gloire même,
Je saurai, en dernière prouesse, me reconquérir sur Assour.

OURKAM

On ne renie complètement ni vice, ni vertu anciens;
la légende t'oblige autant que les annales,
il est trop tard pour changer de conduite.
Reste debout dans la forêt des cèdres...

SÉMIRAMIS

Je suis lasse, te dis-je, de vaincre et de régner,
de parcourir le monde en y semant l'effroi;
ni incendie ni fondation de ville ne m'intéressent plus.
Tu t'étonnes qu'un jour vienne où l'on soit repu
de lauriers, de carnage, toi, qui, par fonction,
déclares t'élever, au-dessus des agitations vaines?

OURKAM

Le Mage dédaigne, en effet, les œuvres temporaires, les choses contingentes;
mais il a devant lui, splendide, illimité,
le monde surhumain où fleurit l'idée pure;
il médite, et c'est là son action. Femme, tu ne peux que rêver,
et ton rêve toujours aboutit à l'amour.

SÉMIRAMIS

Moi, j'ignore l'amour, je ne l'ai point senti,
mais je l'ai inspiré et en me souvenant,
des joies que j'ai données, je suis pleine d'envie,
de désir, de regret, d'avidité, d'ardeur.
Il existe peut-être un autre monde surhumain,
où fleurit la tendresse pure, la calme joie.
Ourkam, je rêverai avec ferveur, et comme on prie:
heureuse si les Dieux, ne me séparant plus de la race mortelle,
me laissent, malgré ma saison avancée,
cueillir le fruit de la jeunesse radieuse.
Trève aux sentences: et vienne Keth-Aour!

OURKAM

Il attend le moment de paraitre, depuis l'aube,
En le voyant, souviens-toi de son nom fatidique :
ce vaincu, pour toi, s'appelle la défaite.

SCÈNE III

SÉMIRAMIS, puis KETH-AOUR

SÉMIRAMIS

En le voyant, je verrai clair en moi ;
et je démêlerai bientôt, sous l'entrecroisement des avis, des présages,
mon propre sentiment, le seul à suivre, certes !

KETH-AOUR

Enfin, tu me convies à la volupté de ta face !
Pourquoi m'avoir banni si longtemps ?
Les heures se mesurent aux battements du cœur :
loin de toi, tout est lent, tout est peine.

SÉMIRAMIS

Oui, parle-moi d'amour !

KETH-AOUR

Regarde, autour de toi, ces marbres, ces métaux, ces gemmes,
existent-ils pendant la nuit ? c'est le jour qui les crée !
Au crépuscule, la lame d'or, le diamant, le porphyre,
cesseront cet éclat qui est la vie de la matière.
Je suis comme ces choses ; en m'éloignant de toi, je m'obscurcis,
car ton regard c'est ma lumière.

SÉMIRAMIS

Donne-moi ce miroir.

KETH-AOUR

Reine, mes yeux sont plus fidèles.

SÉMIRAMIS

Il a neigé sur ma tête sacrée. Keth-Aour, je suis vieille.

KETH-AOUR

Je me croyais puéril, j'admirais ta sagesse profonde ?
Sémiramis, tu ne te connais pas !
Ton charme est surhumain, presque mystérieux ;
il est fait de splendeur, de force, de génie,
d'aventures, d'exploits, de trophées !
Tu es l'être irréel que le scribe conçoit
en combinant l'effort humain et la race divine.
Veuve, tu sembles vierge ; femme, tu parais mâle,
car ton cœur a dormi sous l'acier des cuirasses.
Oh ! l'éveiller ce cœur, jusqu'ici tabernacle d'impavides desseins ;
l'éveiller aux émotions suaves et sereines
et remplacer l'orgueil, ses pompes triomphales,
par l'Amour et ses splendeurs secrètes.
Pour moi, qui n'ai rien fait, que de grands rêves,
t'aimer est une action qui m'associe
à la fois aux prouesses passées et aux palmes futures !

SÉMIRAMIS

La louange d'un seul est plus douce que l'acclamation d'une armée.
Avant ma conquête, Prince d'Egypte, quelle fut ta vie ?

KETH-AOUR

L'histoire de ma race commence avec le monde :
le premier qui fut roi, fut un enfant du Nil,
A quinze ans je voulais rouvrir les annales, imiter les aïeux !
En m'enseignant leur science impassible
les mages ont tué l'enthousiasme aveugle du héros.
Trop faible pour unir à l'abstraite vision
un effort ingénu et magnifiquement stérile,
j'ai appris que le destin des peuples est inflexible
et je t'ai vu soumettre tout le Nil, sans colère.
Connais-tu la lugubre vieillesse de l'athlète ?
il terrassait jadis dix hommes de sa main,
maintenant les enfants se rient de sa béquille.
Ainsi, l'antique Egypte est en proie aux jeunes nations.
Tu dois ta splendide carrière à la jeunesse de ton peuple.
Ton successeur, même s'il t'égalait, verra la décadence,
Reine d'Egypte, reine d'un peuple épuisé,
ton génie n'aurait rien sauvé.

Je porte ma couronne en résigné,
l'épée n'est qu'un hochet de fou, d'enfant rageur,
quand la victoire est barrée par les Normes
qui limitent ce monde et gouvernent l'humanité.

SÉMIRAMIS

As-tu aimé ?

KETH-AOUR

J'ai cueili des fruits vermeils ; j'ai respiré des roses odorantes.

SÉMIRAMIS

As-tu aimé ?

KETH-AOUR

J'aime.

SÉMIRAMIS

Tu n'es pas aimé, Keth-Aour.

KETH-AOUR

Si je peux t'approcher constamment et me faire ton ombre;
si librement, ma bouche verse dans ton oreille
le murmure adorant qui exprime mon cœur,
si tu ne chasses pas l'incantateur, ô mon idole, tu m'aimeras.

SÉMIRAMIS

L'amour serait cette lente action, fruit de l'intimité !
Oh ! je l'ai vu plus vif et d'un tout autre éclat.

KETH-AOUR

Ainsi : je l'éprouvai, subit et enflammé, quand tu parus,
mais mon âme était vide, prête à te recevoir !
Pour que j'entre en ton cœur, il faut que tout en sorte.

SÉMIRAMIS

Ne sens-tu pas, dans l'air, une menace sourde, irritante,
il plane sur Ninive un essaim de génies mauvais.
L'appréhension, chauve-souris aux ailes lentes
m'enveloppe d'un froid vertige
et le malheur va me venir par toi.

KETH-AOUR

Je dois mourir de mon amour, ô Reine, on l'a prédit !

SÉMIRAMIS

Le crois-tu ?

KETH-AOUR

Magnifique ou charmante, si la gloire ou l'amour l'emplissent, la vie, l'ordinaire existence est chose neutre, indifférente.

SÉMIRAMIS

On t'a dit, n'est-ce pas, que lascive et farouche, j'égorgeais mes amants d'un jour ?

KETH-AOUR

Si ton âme héroïque une fois s'enflammait, tu serais une amante fidèle, reine constante en tes desseins.

SÉMIRAMIS

Donnerais-tu ta vie pour la nuit de Sémiramis ?

KETH-AOUR

pour l'instant d'un éclair, s'il contenait ton âme entière !

SÉMIRAMIS

Tu veux mon âme.....

KETH-AOUR

Je veux ton âme, ta pensée, jusqu'au songe de ton sommeil.

SÉMIRAMIS

Zakir-Iddin aussi m'adore !

KETH-AOUR

Et qui donc, te verrait, impunément...

SCÈNE IV

LES PRÉCÉDENTS. — OURKAM

SÉMIRAMIS

Que viens-tu faire ?

OURKAM

Zakir-Iddin est là!

SÉMIRAMIS

Qu'il entre !

OURKAM

Témérité ! Les instincts sont aveugles, ne les irrite pas.

SÉMIRAMIS

J'aurais besoin de tels ménagements ? Suis-je pas souveraine ?

OURKAM

Devant des yeux jaloux tu n'es qu'une femme injuste.

SÉMIRAMIS

Ta prudence me lasse.

OURKAM

Zakir-Iddin sera l'instrument du destin.
Tu barres, tout d'un coup, ton amour et ta gloire.
L'oracle s'accomplit (exit).

SCÈNE V

SÉMIRAMIS. — KETH-AOUR. — ZAKIK-IDDIN

ZAKIR

A travers l'Asie et l'Afrique, depuis longtemps
je marche, les yeux fixés sur ton cimier !
L'armée d'une voix unanime
me salue son meilleur capitaine :

où ton char a passe, mon glaive a lui.
Maintenant les annales sont closes,
l'épée rentre au fourreau, Zakir rentre dans l'ombre.
Homme de guerre, dépaysé dans ton palais
j'y subirais de trop lourdes contraintes. Adieu !
Si le jour des batailles renait, je surgirai.

SÉMIRAMIS

Quoi ! tu me quitterais ? Pour quel destin ?

ZAKIR

et pour quel destin, resterais-je ?

SÉMIRAMIS

A promener encore mes étendards
je n'ai plus devant moi que les pays du Gange.
Elle est là, fascinante, la contrée merveilleuse,
l'Inde sacrée, magnifique et mystérieuse.
Mais les Mages m'ont avertie que j'échouerais
dissipant, en cette tentative, tous les fruits du passé.

ZAKIR

La paix te soit propice, o Reine, c'est mon vœu !

SÉMIRAMIS

Demeure, car je sais ta pensée !

ZAKIR

Si tu sais ma pensée, comment me retenir ?

SÉMIRAMIS

En l'ordonnant !

ZAKIR

Je t'aurais obéi jadis, aveuglément,
tu étais la déesse, équitable et sereine.....

SÉMIRAMIS

Ne suis-je plus Sémiramis ?

ZAKIR

Ecoute, une dernière fois, le loyal avis du guerrier.
Lorsque tu commandas aux vétérans, ils sourirent d'abord;
l'escalade de Bactres n'avait ébloui que le roi,
mais quand la femme délicieuse se métamorphosa en capitaine
surmontant les fatigues, défiant le danger,
sacrifiant sa beauté même à la conquête grandiose ;
Oh ! ce fut un délire et l'amour enflamma les courages !
Ce que l'on fit dès lors dépassa l'ordinaire vaillance :
tu menais au combat des amants au lieu de mercenaires.
De là tes succès fabuleux, et ce cours incessé de victoires !
Tu ne l'ignorais pas, Sémiramis, et en toute rencontre
tu parlais au cœur, aux sens de tes soldats.
hier encor, tu te disais l'amante des legions.
Redoute donc, ô Reine, la jalousie de ton armée.

SÉMIRAMIS

Tu exprimes ton âme, Zakir ! cette Sémiramis
qui ne s'appartient pas, tu la convoites, pour toi-même !

ZAKIR

Je ne songe qu'à conjurer d'horribles catastrophes !

SÉMIRAMIS

Conjure la passion qui t'aveugle !

ZAKIR

Donne l'exemple : maîtrise ta passion naissante !

KETH-AOUR

Tu ne dois pas juger ta souveraine !

ZAKIR-IDDIN

L'Égyptien juste dans son désir prie et attend
et s'il n'est pas aimé par sa présence même,
c'est qu'Hammon l'abandonne !

KETH-AOUR

Qu'espères-tu de ces violences ?

ZAKIR-IDDIN

Étranger, ôtage, vaincu, écoute bien :
il n'est pas un soldat qui ne porte sous sa cuirasse
un cœur d'amant pour la Colombe assyrienne.
Jamais ni vague, ni écume sur ce flot immense de désir !
On la croit insensible et d'essence divine
mais si on connaissait pour toi, sa partialité,
la colère, soudain, rouvrant les cicatrices,
chacun demanderait le prix du sang versé.

SÉMIRAMIS

Sujette de mon peuple, vassale de mes prêtres,
esclave de l'armée, prisonnière en ma ville,
à quelle ignominie, pense-t-on me réduire ?

ZAKIR

Voilà l'ignominie vivante, ce lâche que tu aimes,
ce lâche que je ne puis amener au combat.

KETH-AOUR

Un signe, reine, je suis prêt. Délivre-moi de mon serment
et laisse-moi mourir ou fermer à jamais cette bouche insolente.

SÉMIRAMIS

Vous avez juré tous les deux !

ZAKIR

Quoi ! La reine parjure, invoque les serments.
Elle avait dit : « Ninos n'aura jamais de successeur ».

KETH-AOUR

Que m'importe l'Empire ? Je ne vois que la femme !

ZAKIR

Blasphème ! Sémiramis n'est que déesse et reine.

KETH-AOUR

et d'autant plus maîtresse de son choix !

SÉMIRAMIS

Tu as vécu à mes côtés et tu veux me contraindre, insensé ?
Quelle promesse pourrais-tu invoquer ?
Je ne saurais ni craindre ni même me gêner
et je t'ordonne de sortir de ma vue.

ZAKIR

Tu l'aimes !

SÉMIRAMIS

Je ne sais pas encor ; mais je penche à l'aimer !

ZAKIR

Malheur, Sémiramis, sur Ninive et sur toi ! (Exit.

SÉMIRAMIS

Par la voix des oracles, les Dieux même ont crié : Malheur
Et je n'ai pas tremblé : qu'importe son délire ?
Parle encor, Keth-Aour ; même dans mon désir,
je suis Sémiramis la Grande.

ACTE III

L'AMANTE

La scène représente les jardins suspendus.

SCÈNE I

ZAKIR-IDDIN

Où sont-ils, heureux et cachés,
se répétant l'aveu d'un mutuel amour ?
Où sont-ils, mêlant leurs caresses, en extase,
tandis que je promène mon inutile rage ?
Un instinct m'a conduit aux jardins suspendus :
cette solitude embaumée invite des amants !
En vain, je m'efforce à douter : Sémiramis est amoureuse !
J'entends encor ses paroles de fiel, je revois ses regards
si différents, selon qu'ils se posaient ou sur lui ou sur moi
Cette main, qui montra la route à la victoire,
je l'ai vu s'attarder, complaisante, sur le cou de l'ôtage !
Que faire, ô Dieux, d'Assour, et comment supporter
la pensée de leur joie, l'image de leur volupté !
J'avais caché ma plaie saignante, résigné,
sans espoir, du moins, j'étais sans rival !
Sémiramis planait à des hauteurs sacrées, au-dessus de Ninive,
j'étais encor le plus favorisé, parmi tous ceux qui l'adoraient,
et mon secret m'eût suivi dans la tombe ? Pourquoi
a-t-elle ainsi irrité ma détresse et défié mon désespoir ?
Je suis ce fanatique qui, se relevant de prier,
verrait l'idole et rire et grimacer.

Oh! je la maintiendrai, par force, sur ce socle
où son génie et l'amour d'un peuple l'ont montée.
Ce n'est plus le rival qui se venge,
c'est l'instrument des Dieux qui surgit!
Avec le dernier souffle de l'Égyptien,
cette passion funeste s'exhalera du cœur de ma maîtresse.
Je sauve ainsi Sémiramis, la patrie et moi-même!
Mais comment le frapper?
Présente, elle le défendrait! Oh! l'atroce pensée.
Avant que l'éclatant soleil à l'horizon s'éteigne,
j'aurai purifié Ninive d'une infâme présence
et soulagé de mon atroce peine, je verrai sur mes mains,
rougies par la vengeance, le sang de Keth-Aour!

SCÈNE II

SÉMIRAMIS

J'ai devancé l'heure du rendez-vous, pour réfléchir
à cet acte, si simple, pour moi seule redoutable :
venir attendre son amant, sous les palmes!
Cela obscurcit mes annales et compromet mon immortalité!
L'Amour est une passion douce, un mouvement paisible;
on se complaît dans un autre soi-même,
l'ambition s'éteint, les furieuses convoitises sont abolies.
Je n'aurais pas conduit quinze ans un char de guerre,
si j'eusse aimé; heureuse, obscure, tandis que je fus grande et seule.
Nul ne voit dans ton cœur, colombe de Simmas,
connais donc ta faiblesse :
n'es-tu pas anxieuse, troublée, languide et frémissante!
Si vite différer de soi et démentir ainsi sa vie, cela effraye!
Ma volonté défie les sortilèges, sinon je croirais
que les génies méchants, acharnés sur mon cœur
l'ont pétri à nouveau et changé!
Avis mal présentés et menaces aveugles
le mage et le soldat ensemble m'ont poussée!
Ai-je cédé à Keth-Aour ou si j'ai résisté à Ourkam, à Zakir?
Rien ne m'intéresse aujourd'hui
que cette solitude avec mon égyptien,

De la reine disparaissante, une femme jaillit, aimante !
Je t'ai lassée, Histoire; tu vas cesser tes soins.
Ton apparition, Derkéto, je la sais prophétique
et le feu de ton sang dans mes veines, je le sens s'allumer :
je commettrai ta faute et subirai ton sort ;
j'aurai fait jusqu'au bout, toute ma volonté.
Ah ! devant que la vie me rejette, je presserai les heures,
comme des grappes mûres et je m'enivrerai du vin des voluptés.
Viens donc, mon Keth-Aour, ma plus douce conquête,
je suis pressée d'aimer, je suis pressée de vivre !
Le Destin redouble ses menaces, je le devancerai ;
dans la forêt des cèdres je m'assieds, résolue
à m'endormir du sommeil délicieux de l'âme rajeunie !

SCÈNE III

SÉMIRAMIS. — ZAKIR-IDDIN

ZAKIR-IDDIN

C'est moi !

SEMIRAMIS

Je t'attendais : je sais ton âme et le feu qu'elle couve
et tu ne peux plus vivre, si je me donne à Keth-Aour !

ZAKIR

Tu condescends à mon infimité, ô Déesse !...
tu vois ma peine et tu en as pitié ! Par tout ce qui t'es cher...

SÉMIRAMIS

Rien ne m'est cher, Zakir, de tout ce qui le fut.
Le passé se résout, mirage qui s'efface,
diffus, évaporé, incertain et fini ;
et l'avenir semble un confus amas sans couleur et sans forme !
Je ne me souviens plus et ne désire pas encor.

ZAKIR

Par ta gloire immortelle !

SÉMIRAMIS

Ma gloire m'embarrasse, draperie lourde, enchevêtrée
qui ralentit mes pas vers le but désormais précis.

ZAKIR

Par quelle aberration, méconnaissant des Dieux la bénigne assistance
veux-tu changer en huées l'acclamation de l'univers :
ces peuples, ces pays, cette moitié du monde qui plia
sous le sabot de ton cheval
vont célébrer ta honte et se croire vengés !

SÉMIRAMIS

L'univers approuverait-il mon amour pour Zakir ?

ZAKIR

Je ne demande... que le renvoi de l'Égyptien.

SÉMIRAMIS

Je renoncerais mon désir, mon cher désir, pour calmer ton humeur ?
Tu as aimé la guerrière intrépide, vêtue de fer,
regarde et pleure : car elle est morte ou disparue :
une autre lui succède, et près de celle-là, tu n'as plus de crédit :
Sémiramis, la conquérante, reconquiert aujourd'hui sa liberté.

ZAKIR

Ainsi en ton esprit, s'efface toute une vie de périls partagés
de travaux accomplis, de victoire entassée.
La nuit venue, tous deux seuls, sous la tente et les plans déroulés
nous calculions le chemin parcouru et l'étape prochaine,
prévoyant les besoins des troupes, les accidents du sol,
les chances de surprise et les ruses d'assaut.

SÉMIRAMIS

Tu commandes l'armée : j'ai payé tes services.
Veux-tu une province ? Je te donne le choix.

ZAKIR

Je veux vivre et mourir dans ton ombre.

SÉMIRAMIS

Je ne puis te subir : armer des assassins me répugne ;
il faut que cela entre nous, se décide.
Choisis ta route, mais pars et tout de suite.

ZAKIR

Mais j'emporte avec moi l'idée suppliciante : tu aimes.
Je ne demande pas ton cœur, je veux que tu le gardes ;
renvoie l'òtage et ma douleur pour toujours se taira.

SÉMIRAMIS

Tout obstacle, montagne ou peuple, qui a surgi, je l'ai brisé.
Tu ne veux pas partir, tu mourras.

ZAKIR

Quelle main, sur moi, oserait se lever ?

SÉMIRAMIS

La tienne.

ZAKIR

Moi, je m'immolerais au bonheur d'un rival?

SÉMIRAMIS

Tu vas le faire !

ZAKIR

La folie est ici : parle-t-elle ou bien si elle écoute ?

SÉMIRAMIS

Je jure sur ma gloire ancienne d'accomplir
les rites de l'amour, avant ce soir.

ZAKIR

O fureurs inconnues, prodigieux supplice !

SÉMIRAMIS

Tu vois qu'il faut partir.

ZAKIR

Entendre ce défi des lèvres de l'idole,

SÉMIRAMIS

Les femmes de harem dissimulent et mentent ;
je ne sais pas leur artifice et je vais à l'amour
hautement et l'œil fier, comme j'allais à l'immortalité.
Les êtres ordinaires s'inspirent du sentiment commun :
une chose devient légitime, parce que je la fais.
Serais-tu ce cœur prodigieux que j'ai rêvé ?
Un seul m'aima qui me voyant baiser un moribond
acheta par la mort volontaire, cette ivresse.
Mon baiser lui sembla valoir ce prix.

ZAKIR

Mais il ne savait pas qu'un autre allait venir et celui-là aimé !

SÉMIRAMIS

Ma patience s'épuise !

ZAKIR

Et ma fureur s'augmente : tremble pour Keth-Aour !

SÉMIRAMIS

Tremble pour toi, Zakir, je saurai le défendre, je saurai le venger.

ZAKIR

Que ne suis-je couché, inerte et glorieux sur un champ de bataille :
Livre un dernier combat, pour que j'y meure ainsi que j'ai vécu.

SÉMIRAMIS

L'épée, à Istar vouée, ne luira plus dans un combat.
Si j'en crois ces sentiments obscurs qui bizarrement nous visitent
ma carrière s'achève : jusqu'ici j'ai conduit mon destin.
Maintenant il me mène ; de mon char j'ai jeté les rênes
et les chevaux le traînent au hazard du chemin.
La Déesse d'Assour décroît d'heure en heure
et tu veux lui survivre ? Précède-la, dans le trépas.
Dédie-moi cet acte suprême : ta mort ;
toute-puissante, je respecte encor le passé,
je n'ordonnerai pas ton trépas, ton exil : meurs, te dis-je.
Je t'abhorre vivant et je t'aimerai mort, peut-être ?

ZAKIR

Tomber sous la flèche guerrière... je l'espérais.

SÉMIRAMIS

Suis-je assurée, moi-même, de choisir mon supplice?
Veux-tu le sûr poison que cette bague enferme ?
La moitié suffira ; pour moi je garderai le reste.
Cette matière noire si petite fut un grand compagnon
et m'aurait délivrée, vaincue ou prisonnière.
Sois ainsi délivré, ô vaincu de l'amour.

ZAKIR

Reine, ceci est une épreuve!

SÉMIRAMIS

Ce grain noir, j'aurais pu te le mettre, en riant, dans la bouche,
je veux que tu consentes et que ta propre main tranche tes jours.
Ce poison est suave, ni convulsion, ni torpeur;
tu te verras mourir avec tranquillité.
Tu seras tout à coup plus vivant que jamais,
magnifique, éloquent, au-dessus de toi-même;
ensuite, tu sembleras rêver et tu croiras dormir.
Prends, prends, te dis-je; et je mettrai mes lèvres sur tes lèvres
et mes bras à ton cou : tu mourras doucement ;
tu croiras que je t'aime; je t'aimerai peut-être alors.
Rien au monde n'arrêtera mon élan vers l'ôtage
si ce n'est ton cadavre.

SCÈNE IV

SÉMIRAMIS. — ZAKIR. — OURKAM

SÉMIRAMIS (contemplant Zakir qui tient la bague).

Sublimité !

OURKAM

Stupidité !

SÉMIRAMIS

Tu seras donc toujours l'être d'achoppement
qui feras dévier le trait de mon vouloir,
vil jongleur, sans égard ni aux rois, ni aux Dieux?
Et toi, soldat sans courage, rends cet anneau
à celle qui préfère le trépas aux défaites.

ZAKIR

Mage, réponds! Suis-je insensé ou bien la Reine est-elle folle?

OURKAM

Oui, tu es insensé: si longtemps tu vécus auprès de cette femme,
tu l'aidas à vaincre l'univers et tu veux la soumettre!
Par quelles armes! en poussant l'importunité jusqu'à la frénésie.

SÉMIRAMIS

Ces paroles seraient vraiment sages
si toi, qui les prononces, tu te les appliquais!

ZAKIR

Je vais à Naram-Sin exhaler mon angoisse,
offrir un sacrifice, implorer un oracle
et chercher dans la fumée du temple
et aux entrailles des victimes,
le salut de la reine et ma raison qui fuit (exit).

SCÈNE V

SEMIRAMIS. — OURKAM

OURKAM

La fête de Tammuz se célèbre aujourd'hui,
l'armée attend que tu paraisses
offrant toi-même la libation traditionnelle.

SÉMIRAMIS

La victoire et la prospérité sont les œuvres royales,
les cérémonies, les prières, incombent aux pontifes.

Ces dévotions perpétuelles, en Assyrie
dissipent la moitié du temps royal.
Le temple regorge de richesses : que dois-je encor ?
Je veux me reposer et m'endormir à l'ombre de ces palmes.

OURKAM

Tu verras la forêt entière arracher ses racines du sol
et fuir, comme un troupeau de béliers, en folie.

SÉMIRAMIS

Écoute un oracle plus sûr que l'oracle d'Hammon !
Connaître l'avenir est une vanité,
car l'être humain toujours se ressemble à lui-même :
jeune ou vieux, déçu ou triomphant, chacun de nous
contient, mêlés, des principes de vie, des principes de mort
qui tour à tour dominent, mystérieusement.
La volonté s'use et décline comme les sens
et le plus obstiné se résigne, acceptant la fatalité,
il renonce, harassé, à l'oasis prochaine,
et se couche, insoucieux de son réveil.
Es-tu vraiment profond en tes pensées, Ourkam ?
Aplanis donc ma voie au lieu de la barrer :
mon penchant satisfait s'apaiserait peut-être ?
L'eau qui trouve un lit propice s'écoule doucement :
c'est l'obstacle qui change une source en torrent.

OURKAM

L'obstacle, c'est toi qui l'as dressé, en provoquant Zakir,
l'être obtus, l'aveugle passionné.

SÉMIRAMIS

Pourquoi as-tu paru, quand je le fascinais ?

OURKAM

Il hésitait, et songe à l'embarras de son cadavre !
C'est le seul homme de l'Empire dont la mort soit un danger.
L'armée s'incarne en lui.

SÉMIRAMIS

Je sais vaincre et non dissimuler

OURKAM

Tu dissimules envers toi-même. Oh ! ne t'irrite pas.
Elle a sonné pour toi, l'heure funeste,
où les femmes renoncent leur sexe et toi tu vas aimer !

SÉMIRAMIS

Il est tard pour un tel dessein, dis-tu, je saurai me hâter ;
l'âge me presse ; il sera l'éperon du désir.

OURKAM

Aveugle aux évidences et sourde à la raison, tu ne sens pas
l'hostilité unie des événements et des hommes.
La loi de la nature, l'intérêt du pays
et toute la passion d'un peuple s'arment
pour t'accabler, en un écrasement certain.
Le geste familier que nul dans la vie ne remarque
scandalise et paraît sacrilège sur le trône.
Victime de ta propre grandeur, résigne-toi !
Devenue la colonne de l'édifice assyrien
tu n'as pas le droit de pencher, de fléchir :
Immortelle, tu as perdu tes droits d'humanité :
et quand les hommes peuvent contraindre leurs dieux
ils sont implacables aussi. Eloigne Keth-Aour
que les esprits se calment et puis un jour prochain,
je choisirai quelque lieu fatidique : là tu disparaîtras
en une apothéose et un vol de colombes, mystique, planera
sur les témoins frappés d'un saint respect.
Je m'emploierai à machiner l'événement.

SÉMIRAMIS

Sémiramis ne prend conseil que d'elle-même
et si son cœur l'entraîne, absurdement :
du moins, elle ne revêt pas son erreur
d'un prestige hypocrite et de traits empruntés.

OURKAM

Inutiles paroles de la pensée sereine au vertige amoureux ;
effort perdu de la raison contre l'instinct !

SÉMIRAMIS

Oui, va rêver de sagesse et de divination
et me laisse à mon vœu, heureuse et résolue.

SCÈNE VI

SÉMIRAMIS

Si je n'étais Sémiramis, je serais vieille,
et l'on ne pourrait plus m'aimer!
Inconnue et d'humble vêtement, j'irais encor à la fontaine :
nul Menonès ne me demanderait à boire,
et Ninos en passant ne m'apercevrait pas!
Cependant, j'ai pensé, j'ai voulu, j'ai souffert,
j'avais l'intelligence, maintenant j'ai un cœur,
je le sens battre, étonnée et ravie
et voyageur qui va goûter enfin la paix
et trouve sa maison détruite,
le temps manque à mon vœu et la chair au désir!
Je suis lasse, déçue, exaspérée.
Les passions sont les saisons de l'âme :
j'ai renversé leur ordre, j'ai cueilli les fruits d'ambition
et les fleurs de l'amour à ma main se dérobent.
Oh! je me suis trompée sur la vie, sur mon sexe.
Clarté épouvantable, parce qu'elle est tardive :
je suis femme, amoureuse et flétrie!
J'ai payé le trône et la gloire
en sacrifiant ma beauté, ma jeunesse.
Comme je donnerais aujourd'hui sceptre et couronne
pour cet éclat du teint et ce duvet de peau
qui parent mes jeunes esclaves,
N'importe, contre l'âge je dresserai
la formidable volonté qui a soumis le monde

SCÈNE VII

SÉMIRAMIS. — KETH-AOUR

SÉMIRAMIS

Enfin ! Comme tu as tardé et quel front soucieux ?

KETH-AOUR

Naram-Sin m'a jeté au passage un regard de haine et d'effroi,
des corneilles à gauche ont passé et mon pied a buté trois fois !

SÉMIRAMIS

Oui, la fatalité ouvre sur nous ses ailes noires
et mon manteau a des plis de linceul.
Que le sort fasse son office ; faisons nos volontés.
Keth-Aour, m'aimes-tu ? Ne réponds pas encor :
regarde-moi et réfléchis que je pourrais être ta mère.
Je mérite l'admiration et tous les sentiments
sauf un seul, l'unique que je veux, l'amour.

KETH-AOUR

Si je ne t'aimais pas, aurais-je donc quitté le Nil,
mes palais, mes provinces, pour mener une vie d'ôtage,
parmi l'affront d'une cour ennemie ?
Resterais-je, alors que les poignards
se dégainent dans l'ombre et déjà luisent ;
Zakir, ou quelque fanatique me frappera
tout à l'heure et cependant, Sémiramis, je ne pars pas.

SÉMIRAMIS

Ton courage spirituel attend le péril sans le craindre,
impassible devant le sort, oui !
Nous ne pouvons lutter, il nous faut fuir ensemble.

KETH-AOUR

Les reines ne fuient pas ; tu me reprocherais un jour
de t'avoir fait descendre du faîte où je t'ai rencontrée.

SÉMIRAMIS

Sémiramis ne se repent jamais.

KETH-AOUR

Je n'ose projeter mon ombre sur ton illustre vie.

SÉMIRAMIS

Enfin, tu te dévoiles, et te voilà sincère,
ton dessein te fait peur, tu recules devant mes rides.
Menonès et Ninos aimèrent l'un la vierge et l'autre la jeunesse,
tu n'as vu que mon étrangeté, mon caractère fabuleux !

KETH-AOUR

Calomnier ainsi les plus purs sentiments, les plus ardents !

SÉMIRAMIS

Le respect, je l'inspire, l'admiration et même la terreur,
Je suis sublime, je le sais : je ne suis pas aimée.

KETH-AOUR

Sur le corps des aïeux, par l'Amenti inéluctable,
je t'appartiens, Sémiramis.

SÉMIRAMIS

Sans regret vers Memphis et la tombe ancestrale,
sans peur aux dangers que tu cours,

KETH-AOUR

Je ne regrette rien, sans retour et sans crainte
je te consacre ma jeunesse et te dédie ma mort.

SÉMIRAMIS

Lauriers des conquérants et trophées de bataille,
mémorables desseins, magnifiques actions,
vie héroïque et triomphale, fastes éblouissants,
sceptre doublé du glaive, couronne exhaussée par le casque,
stèles, inscriptions, dépouilles, arcs triomphaux,
énorme mouvement qui éblouit l'espèce humaine
fracas d'acier, éclat de cuivre, cris de guerre,

silence ! Mon âme, devenue la lyre langoureuse,
soupire un chant d'amour suave et monotone,
et dit, sans se lasser, le même sentiment.
Coupe de l'ambition, coupe d'or écumante de sang,
je t'ai vidée, je te repousse, âcre, acide, tu ne m'as pas désaltérée.
Voici mes lèvres, ô coupe de l'amour pour moi, mystérieuse.
Keth-Aour, être unique, être aimé, tu seras désormais
mon peuple et mon empire, conquérant de Sémiramis.....

KETH-AOUR

Ton amour, ô femme surhumaine, est une apothéose
qui ne doit rien au suffrage des hommes ;
secrète et tout entière enfermée dans mon cœur,
elle me divinise, et la réalité humiliera mes rêves.

SÉMIRAMIS

C'est une vanité de vivre dans l'éclat
d'incarner les passions misérables d'un peuple,
et d'épuiser sa vie pour des couronnes de métal :
l'homme sage porte son univers en lui,
amant ou visionnaire ; et ne s'inquiète
pas du sentiment d'autrui, car il s'est reconquis d'abord
sur la tyrannie des idées usuelles. Keth-Aour,
ta pure haleine, en passant sur ma chair, l'avive
comme s'éveille la terre froide au souffle de Tammuz.

KETH-AOUR

Enchantement ! ta voix dominatrice et brève
devient douce et féminine pour me parler.

SÉMIRAMIS

C'est ta propre douceur qui passe en moi. Oh ! délicieusement,
et je sens le bonheur germer au fond de l'être.

KETH-AOUR

Déesse humanisée, Isis changée en femme !

SÉMIRAMIS

Merveilleux Mage qui me rend la jeunesse.

KETH-AOUR

Cette main qui brandissait le glaive, tremble.

SÉMIRAMIS

Timidement, je touche tes membres délicats
comme l'enfant redoute de froisser un beau jouet.

KETH-AOUR

Ces bras meurtriers et vainqueurs, les voilà, mon collier.
Des larmes irisent tes yeux brillants.

SÉMIRAMIS

Elles sont douces, si longtemps refoulées,
Comme elles me soulagent — ô rosée de l'amour,
sur mon cœur desséché, coule et l'épanouis.

KETH-AOUR

Ce sein que le fer a seul froissé palpite à ma caresse.

SÉMIRAMIS

Tout ce corps t'appartient, fais-le joyeux,
rajeunis-le, ô thaumaturge, par ton baiser,
et que la vie me paye sa dette de vraie joie.

KETH-AOUR

Tes cheveux magnifiques, où passa la brise de tant de lieux
formeront le manteau de nos nuits.
Ta bouche, seuil sacré, je ne l'ai pas franchi.....

SÉMIRAMIS

Elle attend ton baiser ! Quel charme d'être soumise :
l'ivresse d'obéir, je vais donc la connaître !

KETH-AOUR

Oh ! tu commanderas toujours.

SÉMIRAMIS

Je te commande, Keth-Aour, de m'aimer.

KETH-AOUR

Rêve réalisé! foudroyante allégresse,
c'est toi qui me parles d'amour.
Dis-moi que c'est réel, que tu es bien Sémiramis la Grande?

SÉMIRAMIS.

Crois-en tes yeux, crois-en mes lèvres.

KETH-AOUR.

Je peux mourir : j'ai vécu.

SÉMIRAMIS

Et moi, je sens que je vais vivre enfin! (Baiser.)

SCÈNE VIII

SÉMIRAMIS et KETH-AOUR enlacés sur le banc de droite. Le collège sacerdotal, mitré et robe blanche, s'étage sur les terrasses, immobile, nombreux.

SÉMIRAMIS

Oh! parle encore ce langage inconnu, si saintement muet
qui seul exprime l'âme.
Oh! ne détourne pas tes doux yeux, ce miroir enchanté,
Je m'y vois belle! Rends-moi tes lèvres, elles m'emparadisent!

KETH-AOUR

Ma sublime colombe!

SÉMIRAMIS (abandonnée sur son épaule).

Je suis ton amoureuse et ta vassale
car je reçois en un moment ce que la vie ne me donna jamais.
Tandis que je m'abîme en toi, distrait, préoccupé
tu regardes autour de nous, que crains-tu? Qui oserait?

KETH-AOUR

Regarde!

SÉMIRAMIS

Prodigieuse audace! troupe insolente, misérables jongleurs,
vos mitres tomberont ce soir avec vos têtes!

Téméraires et fourbes je saurai vous montrer
que colombe amoureuse ou colombe guerrière
dans l'élan de l'amour, comme au feu du combat
je suis, dans mon baiser comme dans mon vouloir
Sémiramis la Grande.

ACTE IV

LA DÉESSE

La scène représente la nef du grand temple d'Istar avec le trône à gradins destiné à la statue de la Déesse.

SCÈNE I

NARAM-SIN

Ce crépuscule est l'agonie d'Assour, fatidique moment
où les annales se déchirent au vent des passions, aux mains de la folie.
Les siècles stupéfaits ne pourront pas comprendre
ce dérisoire dénouement au plus grand poème de l'histoire!
La rage de Zakir souffle un vent de révolte,
il crie que victime d'un maléfice,
la reine veut abandonner Assour et la couronne!
Le nom de Keth-Aour se mêle au bruit et aux menaces.
On accuse les prêtres, on accuse les Dieux!
Bientôt retentira, sur ces portes de bronze, la pique des légions.
Sémiramis qui surpassait les rois est devenue la vulgaire amoureuse :
elle subit le charme d'un vaincu.
Et tandis que Ninive enfiévrée s'emplit de confusion,
et que les chefs en armes vocifèrent, s'agitent,
seul, avec mon dépit, dans l'ombre de ce temple,
je m'effare, impuissant devant la catastrophe!
La voilà donc réalisée cette obscure menace des cieux!
L'étoile de Zémiramis a blêmi, sitôt la cuirasse quittée
et la subtilité du Kaldéen, impuissante comme mon zèle,
le terrible présage, librement, s'accomplit.

SCÈNE II

NARAM-SIN. — OURKAM

NARAM-SIN

Tu t'appelles « l'idée », tu reflètes « la lumière incréée »;
Qu'as-tu fait de plus que le prêtre, ô Mage, stérile orgueilleux ?

OURKAM

Tu n'as pas voulu séparer le destin de Sémiramis
de la fortune assyrienne !

NARAM-SIN

Sentir ce magnifique empire vaciller pour une ardeur de femme !

OURKAM

On peut sauver Assour, et Ninive et sa gloire
en séparant le corps de l'âme, la forme de l'idée.

NARAM-SIN.

Tramer contre les jours de l'immortelle reine !...

OURKAM

L'art de mener les hommes à leur plus haut destin
ne se résume pas à contraindre l'instinct.
Quelquefois on le sert et par là, on l'épuise !
Sémiramis renonce le trône glorieux,
qu'elle en descende et tombe dans l'obscurité,
avec notre complicité savante.

NARAM-SIN

J'entrevois; et la Kaldée se manifeste, enfin, subtile !

OURKAM

L'Egypte, l'aïeule, demeure la maîtresse
L'homme veut voir ses Dieux : il les lui faut, présents, tangibles
et nous avons à tort, divinisé nos rois.
Le mage de Memphis, vraiment illuminé

ne commit pas à des mortels cette figuration sublime.
Sous la forme du monstre, la divinité reste entière ;
satisfait, l'animal même féroce, du moins n'est pas pervers;
et on tire, à son gré, un rideau sur la monotonie de son horreur.
Génisse ou chienne, la déesse d'Assour ne nous gênerait pas :
un désir de Sémiramis ébranle tout l'empire.
Rendons-la à son humanité, servons sa déchéance,
aidons-la à descendre du piédestal où elle scandalise,
mais jetons, sur l'événement, des draperies sacrées !
Sauvons l'honneur du sceptre et l'intégrité des annales.
Elle disparaîtra dans une apothéose,
nous laissant le profit complet de ses exploits.
Concevons sans tarder cette œuvre de prestige !

SCÈNE III

SÉMIRAMIS. — KETH-AOUR

SÉMIRAMIS

Nul, ici, ne nous cherchera. Keth-Aour, de noirs nuages s'amoncellent
et les passions adverses vont déferler avec furie,
chaque minute vaut et je m'arrête à réfléchir.
Je touche à cette décision suprême
qui réalise nos vouloirs d'un coup ou bien les précipite;
et moi qui provoquais le péril, comme une volupté
téméraire toujours et toujours exaucée,
je ne vois plus briller l'étoile, témoin céleste de mon destin !
Je suis encor parée de Majesté, la grande reine,
demain je ne serai qu'une femme amoureuse
que les ans, désormais, frapperont d'une lourdeur croissante.
En me fiant à toi, je brave la raison et récuse l'expérience.
Demain l'invincible guerrière n'aura plus que ton cœur.

KETH-AOUR

Entre la nuit de nos ardentes noces et ce moment,
il y a place pour un poignard et je ne voudrais pas mourir
avant d'avoir connu la joie suprême.

SÉMIRAMIS

Zakir veut te frapper, mais il sait quel vengeur surgirait.
Laisse-moi donc jouir de toi et m'enivrer
de cette nouveauté, inouïe, adorable : aimer.

KETH-AOUR

Sauvons donc notre amour, avant de le goûter.
Quand partir? et comment? vers l'Égypte?

SÉMIRAMIS

Oui, allons sur la terre bénie dont tu es le lotus rayonnant.

KETH-AOUR

Nous partons à cheval, sans escorte.

SÉMIRAMIS

Oui, tous deux et seuls et toujours ainsi.

KETH-AOUR

Il nous faut des relais et de l'or.

SÉMIRAMIS

Ce collier, insigne suprême, en chaque pierrerie recèle une fortune.

KETH-AOUR

Il nous révèlerait.

SÉMIRAMIS

Moi, l'illustre, je vais connaître l'obscurité.
maîtresse d'une moitié du monde je vivrai la médiocrité !
Que tout cela me charme, je commence une vie nouvelle.
Pourquoi es-tu venu si tard m'arracher à mon pompeux ennui.

KETH-AOUR

Reine et victorieuse et semblable aux déesses
Ainsi tu m'apparus; tu daignes maintenant
être charmante, douce, oublier ta dignité insigne...

SÉMIRAMIS

Oui, je daigne être heureuse.

KETH-AOUR

Défendons ce bonheur du péril qui s'augmente
Ces murs ont d'inquiétantes ombres, des échos de sépulture.

SÉMIRAMIS

Laisse-moi jouir de ta vue, laisse mon cœur s'épanouir
Si longtemps sous l'acier, il fut silencieux.
Ils sentent tous, soldats et prêtres, que j'ai repris mon cœur,
que Ninive m'ennuie et que je leur échappe.
Quelle pitié, que la gloire du glaive !
Tant de bruit, de victimes, de ruine amoncelée,
un tel dérangement de toute la nature :
pour quel effet barbare et ridicule :
mener une légion à la curée des peuples
et asservir les gens du fleuve à ceux des monts !
Il a fallu le trône, la guerre, les conquêtes,
pour tenir en mon cœur, la place de l'amour.
Maintenant ton baiser me paraît la vraie gloire.

KETH-AOUR

Je t'écoute, en extase.....

SÉMIRAMIS

Sais-je si je fais bien ? Je mourrais de ne pas faire ainsi
je ne survivrais pas à ta perte, mon Keth-Aour.
Ninos brusqua sa vie, moi je jette ma gloire.
Quelle formule colorée et sonore pour le scribe ?
« Sémiramis régnait sur l'Asie et l'Afrique ».
Ce territoire immense est morne, insaisissable.
Ces sujets innombrables, je ne peux les étreindre,
par toi, je vis, je vis, je vis !

KETH-AOUR

Enchantement réel ; tu m'égales à tout ce que tu quittes

SÉMIRAMIS

La gloire, Ami, c'est d'être soi, de se reconquérir
sur les sentiments communs et les lois,
de vivre sa pensée et de réaliser son cœur,

j'ai suivi le mirage ordinaire de l'ambition,
j'ai conquis le renom guerrier, et les âges s'étonneront
ignorant ma dernière et lucide pensée,
qui est un grand mépris de tout ce que j'ai fait.

KETH-AOUR

Respecte l'ancienne volonté.

SÉMIRAMIS

Mais je n'ai rien voulu que mon affirmation,
je fus l'être de proie et de domination,
et parmi les mortels instinctifs, une lionne,
et je laisse la trace d'une griffe terrible et non pas d'un esprit.
Parlons de nous ou mieux, point de paroles :
écoutons l'harmonie que font nos êtres s'unissant
et laissons le parfum de nos cœurs à nos lèvres monter.

KETH-AOUR

Même dans la tendresse, tu es encor Sémiramis la Grande.

SÉMIRAMIS

Je suis Sémiramis l'heureuse. (Baiser.)

SCÈNE IV

SÉMIRAMIS. — KETH-AOUR. — NARAM-SIN

NARAM-SIN

Je viens en suppliant et je viens, en sujet
humble, pieux et misérable.
te conjurer de prendre, en pitié, cet empire.
Ne détruis pas ton œuvre ; ne renie pas ta gloire,
ne ruine pas Ninive, ô toi qui l'as créée ;
Sémiramis, respecte ton histoire !
Mère de la Patrie, sois douce à ton enfant !

SÉMIRAMIS

Ta posture ne couvre pas l'insolence de ta démarche.

Troublerais-tu l'amour d'une lionne ?
et tu oses traverser mon baiser.
Tu m'estimes moins à craindre qu'un fauve, Naram-Sin.
Tes prêtres, il n'y a qu'un moment, se sont dressés,
blêmes et impudents ; te voilà prosterné, hypocrite ;
oui, ton geste supplie, mais je lis dans les yeux
que tu rêves de me contraindre, Moi, Sémiramis !

NARAM-SIN

Je suis l'ambassadeur de la patrie : en son nom seul, je parle.
Je ne juge pas ton dessein ! Accorde-le avec la justice.
Unique dans l'histoire, tu éprouves des circonstances singulières :
tu es l'idéale amante d'un peuple et non sa reine.
En fuyant, tu laisses l'anarchie pour successeur.
On ne déserte pas ainsi les fonctions sacrées.
Envole-toi aux cieux, transfigurée, colombe.....

KETH-AOUR

Ton zèle pour Assour, montre-le, en aidant notre fuite !

SÉMIRAMIS

Réponds à Keth-Aour.

NARAM-SIN

Quand les rois au devoir défaillent, le prêtre les supplée.
La couronne déraisonnable tombe en tutelle
et c'est la mitre, alors, qui commande et contraint.

SÉMIRAMIS

Ninive, Assour, le Temple, les Annales,
sont des mots dont je me suis servi ;
mais leur sens est changé, je ne les entends plus,
tels que tu les prononces.

NARAM-SIN

Je ne laisserai pas bouleverser mon peuple
pour un délire sexuel. Reine, tu ne partiras pas !

SÉMIRAMIS

Ta tête tombera, Naram-Sin, avant ce soir.
— Keth-Aour, prends ce collier, c'est l'insigne suprême

Pour tout assyrien, fût-il prêtre, qui le porte, est sacré ;
montre-le aux légions et dis-leur que la reine
est prisonnière au grand temple d'Istar ;
et qu'ils viennent, en armes, me délivrer !

SCÈNE V

LES PRÉCÉCENTS. — OURKAM

OURKAM

Insensé, où vas-tu ?

KETH-AOUR

Où la Reine m'envoie.

OURKAM

Insensé ! Insensé !

SÉMIRAMIS

Keth-Aour, obéis, comme j'obéirai ce soir !

OURKAM

Naram-Sin, tu as perdu la Reine, sors de ses yeux ;
et toi, Sémiramis, tu vas voir ce que vaut l'humeur,
quand elle se produit aux minutes tragiques.
Tu pouvais fuir, après une harangue,
tu n'avais qu'à paraître, tous étaient rassurés.
Maintenant, rien ne te sauvera,
Car Zakir va venir avec ces mêmes chefs que tu réclames.

SÉMIRAMIS

Sors de devant mes yeux, infatigable conseilleur.
Si la foudre est prête pour moi, qu'elle tombe !
je suis lasse de craindre et d'attendre, et d'hésiter ;
mes compagnons de guerre sont moins louches que toi !
Tu fus néfaste et tu es inutile. Va. La parole est au Destin
et l'oracle qu'il va prononcer, s'expliquera, sans argutie.

SCÈNE VI

SEMIRAMIS (seule).

Victoire, je ne sens plus le frais battement de tes ailes !
Sceptre, à ma main tu résistes. Ma puissance me quitte !
Le passé me renie ! Choses de la force et du fer
vous voilà indociles, adverses :
je vous regarde en face, nouvelles ennemies.
Destinée formidable, destinée de fléau,
ouragan d'incendie, de carnage, ô barbares excès,
fantômes pleins de sang, ruines pleines de cris,
charniers, tueries, disparaissez, visions du Glaive.
Le sourire d'un seul l'a emporté sur l'amour d'une race ;
et vous, siècles, témoins tardifs que j'eus toujours présents,
comme a pâli votre prestige, dès son premier baiser.
La vie, ce hasard renaissant, cette harmonie de lois,
prétend le Mage, a-t-elle un sens précis et devinable ?
Je ne suis pas restée debout dans la forêt des cèdres,
et la forêt, sur moi, se précipite comme une troupe de taureaux.
Oui, le sort fut fidèle et je me suis trahie.
Avec quelle angoisse fiévreuse j'aspire au dénouement
et que l'appréhension est torturante ; je serai tout à l'heure
libre pour la première fois ou bien.....
... Hammon lui-même ignore ce qui sera ici, dans un moment.
J'ai donné ma beauté, ma jeunesse à ce peuple
et il voudrait me prendre mon amour ?
Les trésors des nations, je les ai amassés, à Ninive.
Assour vivra un siècle encor à l'abri de mon nom.
Pour quelle récompense ai-je fait tant d'efforts ?
Idole insensible et muette, je devrais seulement
entretenir l'enthousiasme des hordes militaires.
Non, non, je veux aller au bout de mon destin.
je périrai, sans avoir suspendu jamais, ma volonté.
Derkéto, mère qui m'as abandonnée,
que je n'ai vue qu'en songe et menaçante,
toi aussi, tu renonças à l'immortalité.
Si tu m'es apparue, c'est que je vais mourir
je ne peux tomber sous une main mortelle.

Le ciel va-t-il tonner ou vais-je me tuer,
tandis que la félicité m'attend sous des traits adorés.
Mes légions vont paraître ; aux accents de ma voix
sous la domination de mon regard
je les retrouverai les mêmes qu'autrefois.
Une sourde rumeur vient du dehors. Le grand moment approche :
C'est le dernier combat ! sera-ce une victoire ?
J'implorerais les Dieux, si je n'étais déesse !

SCÈNE VII

SÉMIRAMIS. — OURKAM. — NARAM-SIN

OURKAM

Entends-tu le pommeau des épées irritées sur les portes de bronze?
Le temple est investi : tu n'en peux plus sortir !

SÉMIRAMIS

Keth-Aour vient me délivrer

OURKAM

et Zakir vient aussi, le sanglier qui tuera ton Tammuz,
Zakir, l'incarnation de ton passé et ton péril vivant.

NARAM-SIN (à l'écart).

Que faire, ô Dieux d'Assour, qui soit propice !

OURKAM

Sur le trône de la déesse, Sémiramis,
monte résolûment, et puisse ton génie t'inspirer!

SÉMIRAMIS (hésitante).

Cette idée recèle quelque embûche ?

OURKAM

Le danger plane ici et nous englobe tous, dans sa menace,
Dresse-toi sur ce socle, au lieu de la Divinité.

Quoi que tu dises, tu pourras mieux ainsi convaincre et commander.
Désormais la pensée elle-même se tait devant l'événement
(à Naram-Sin) Oui, elle restera Sémiramis la Grande

(La reine monte sur le trône.)

SCÈNE VIII

Les prêtres ouvrent les portes, KETH-AOUR se précipite suivi des chefs, des porte-insignes et de ZAKIR-IDDIN

LE CHŒUR

Simmi | Ramout, Simmi | Ramout

Keth-Aour monte les marches et rend le collier à la Reine, il reste près du socle, les mages se replient de chaque côté et les chefs se rangent en face, Zakir à leur tête.

SÉMIRAMIS

Les Dieux m'ont apparu et les Dieux m'ont parlé.
Ecoutez tous leur volonté, adorez-la par votre obéissance !
Pour vous faire accourir, j'ai pris un subterfuge !
le ciel m'a subitement averti que d'importants secrets
de prospérité, de victoire me seraient révélés cette nuit,
sans témoins, dans un lieu solitaire.
A cet appel d'en haut, je vais me rendre,
vous m'accompagnerez jusqu'aux portes
et la première étoile, en paraissant, me dira le chemin.
Demain, à l'aube, vous viendrez m'attendre sur la route :
je vous révèlerai les avis salutaires d'où l'avenir dépend.

ZAKIR

Ta volonté est notre loi ;
et nous sommes joyeux que les Dieux t'aient parlé !
Va donc à ce colloque prodigieux
mais, pour confondre des bruits insolents,
confie le Prince Keth-Aour à notre garde.

SÉMIRAMIS

Bizarre sédition : pour sortir de Ninive, je devrais un otage !
Toi, si brave au combat, Zakir, tu vaux moins au conseil.
Le mystère qui plane sur ma naissance vous avertit,

Assyriens! Nul ne sait d'où je viens : je sais seule où je vais.
On ne m'attendait pas quand je parus,
je suis le météore qui éblouit et passe.
A la moindre désobéissance, je disparaîtrai à vos yeux.
On a osé me demander un gage de ma foi :
Eh bien! j'emmènerai seulement avec moi
le Prince Keth-Aour ; à sa garde, je me confie.

(Les boucliers se lèvent et restent ainsi, en un grand geste de refus.

SÉMIRAMIS

Vous opposez vos boucliers à mon désir ?

ZAKIR

Je parlerai pour eux, pour l'Armée, pour Assour.
Notre obéissance ne connait de limite que notre amour.
Or, le Prince d'Égypte a fait des sortilèges
et la reine a perdu sa sublime raison.

SÉMIRAMIS

Mon bras se tourne contre moi! Ma propre main me frappe!
et le fer de ma lance menace ma poitrine!
mon carquois se révolte et mon épée désobéit!

ZAKIR

Nous sommes tes esclaves fidèles, mais nous ne voulons pas
qu'un étranger, un ôtage, un vaincu, te commande à toi-même!

KETH-AOUR

Je me sacrifierai sans regret à ta gloire
et puisque ma présence trouble ici toute chose,
permets-moi de partir.

SÉMIRAMIS

Je serais lâche au point d'obéir à ces hommes!

ZAKIR

La prudence est la qualité égyptienne
avec la peur du glaive et la patience sous l'affront!

SÉMIRAMIS

Ma seule volonté l'arrête,
horrible monde où toute chose se résoud par la brutalité

KETH-AOUR

La force d'âme a parfois triomphé des muscles
et je vais le tenter.

SÉMIRAMIS

Tais-toi. Quiconque touchera un cheveu de l'ôtage
sera écorché vif, enduit de miel, planté sur un épieu rougi
et mourra sous le fourmillement des araignées et des mouches.

ZAKIR

Je n'avais pas menti : vous voyez qu'elle l'aime !

SÉMIRAMIS

Misérable, tu sondes le cœur de ta reine !

ZAKIR

Prince, Prince d'Égypte, regarde ta royale aimante,
ses yeux lancent l'éclair sur moi.
Mais ton épée n'a jamais quitté son fourreau.
Tu es aimé, tu aimes, cependant tu es lâche !

KETH-AOUR

Que je meure ou qu'Hammon t'accable, je t'entendrai plus.

ZAKIR

Enfin, enfin ! je vais donc m'assouvir, sorcier d'Égypte. (Ils combattent.)

SÉMIRAMIS

O Dieux que ces hommes implorent dans la détresse,
sauvez mon Keth-Aour et je croirai en vous.
Ah ! (Keth-Aour est frappé. Sémiramis descend du trône.)

ZAKIR

Gloire à Ninive ! Mort le sorcier, fini le sortilège !

KETH-AOUR

Hélas !

SÉMIRAMIS

Blessé ? (Elle le prend dans ses bras.)

ZAKIR

Tué ; le coup est sûr.

SÉMIRAMIS (à Zakir)

Oh! quels supplices, j'inventerai !

ZAKIR

J'ai fait justice.

SÉMIRAMIS (à Ourkam).

Mage, rassemble ta science, sauve-le et prends tous mes trésors.

OURKAM

La blessure est mortelle et mon art impuissant...

SÉMIRAMIS

J'aurai vu frapper sous mes yeux
et mourir dans mes bras le seul être adorable...

KETH-AOUR

J'entends et tes paroles sont un enchantement,
je meurs heureux, aimé : moi aussi, j'ai fait ma volonté :
Vivre selon son vœu et mourir de son rêve !
Ils se sont attendris, ces yeux dominateurs,
ils ne reflètent plus que moi ; ils me pleurent.
Cette voix qui commande à l'Asie, me caresse
et l'orgueilleuse bouche elle est là qui me baise,
ils m'étreignent ces bras de héros, ils me bercent,
Sémiramis, déesse et femme...

SÉMIRAMIS

Toi que j'ai désiré plus que l'empire,
doux être au regard enchanteur : je te bénis
pour les joies pures dont tu as parfumé mon dernier jour
Je serai digne veuve, ô mon unique époux,
mais je te dois du sang et non des pleurs.

ZAKIR (aux chefs).

Vous voyez combien elle aimait,
et que régnant sur elle, il eût régné sur nous !

SÉMIRAMIS

Oui, je l'aimais, assassin, et ce mot, dans ma bouche,
te glacerait d'effroi, si tu le comprenais.
(Elle remonte sur le trône.) Vous êtes tous témoins du crime de Zakir
sur la personne sacrée d'un ôtage,
j'ordonne qu'il soit désarmé et lié pour le supplice.

ZAKIR

J'ai sauvé la patrie de son plus grand péril, —
que les légions répondent. (Geste de boucliers.)

SÉMIRAMIS

Eh bien? je fus le juge, je serai le bourreau.
j'ai prononcé la sentence de mort, je l'exécuterai. (Elle descend.)
Zakir, tu commandes l'armée et voici ton insigne,
je l'arrache!

ZAKIR

Ignominie!

SÉMIRAMIS

Keth-Aour, cette épée, impuissante en ta main,
sera ferme en la mienne.
Donne ce bouclier, toi, et maintenant Zakir, défends-ta vie;
tu voulais mourir en combattant : je t'exauce!

ZAKIR

Quelle démence!

SÉMIRAMIS

Défends-toi!

ZAKIR

Oh! mourir de ta main, je ne veux pas!

SÉMIRAMIS

Tu m'as frappé au cœur, en touchant sa poitrine,
Meurs, et meurs exécré! (Elle le frappe.)

ZAKIR

Ton glaive frappe droit, ô Reine, je succombe. (Il tombe.)
Dis-moi une parole douce, puisque je meurs!

SÉMIRAMIS

Je te hais, je te hais, je te hais !

ZAKIR

O torture!

SÉMIRAMIS

et je l'adore, lui, à ce point que je ne puis survivre.
Ce poison que je t'offris, va me permettre de le suivre.

ZAKIR

Horreur ! (Il meurt.)

NARAM-SIN

Epouvantable événement !

OURKAM

Ton bonheur est perdu : sauve ta gloire !

SÉMIRAMIS

Avec le désespoir du bonheur entrevu,
je mourrai sans regret et aussi sans faiblesse.
Keth-Aour, si les âmes qui s'aiment, en sortant de la vie,
se rejoignent, patiente, ô mon amant,
ce baiser que je donne à tes lèvres blêmies,
tu pourras bientôt me le rendre.
Mage, tu uniras ce corps à mon corps, dans la tombe.
Jure !

OURKAM

Je le pr omets.

SÉMIRAMIS (elle remonte sur le trône).

O mon Amour, adieu ; une force invincible nous sépare,
personnage morne du destin, le passé m'enlève et me contraint.
Le bonheur est fini : résignons-nous à l'immortalité.
Je dois donc quitter cette vie sans maudire mes meurtriers.
Vous qui fûtes mes bras, vous qui fûtes mes mains —
(— bras d'assassins et mains de tortionnaires. —)
O lances acérées, flèches rapides, glaives étincelants,
(— aveugles instruments d'ambition noire,)
(— odieux en vous-même, à mon cœur exécrables. —)

Hommes d'Assour, courageux Ninivites,
(— que ne puis-je ameuter l'univers contre vous, —)
Vous dont les veines charriaient la victoire,
(— Chiens qu'on ne peut lancer qu'à la curée, —)
Guerriers du Tigre (— mes bourreaux, mes bourreaux, —)
O légions infidèles, armée qui m'a désobéi,
Soldats, soldats d'Assour, humbles ou capitaines,
Moi, Sémiramis, votre reine, je ne vous aime plus !

LE CHŒUR

Sim mi ramout, Sim mi ramout.

SÉMIRAMIS

Quand les Dieux prennent la forme humaine,
ils s'incarnent dans la race choisie,
tant qu'elle est digne d'eux et tant qu'elle obéit.
Vous avez méconnu mon autorité surhumaine,
écouté un rebelle et violé la loi des ôtages:
emplissez vos yeux de ma présence. Hommes d'Assour,
Vous me voyez pour la dernière fois !

LES CHEFS

Sim mi ramout, Sim mi ramout.

SÉMIRAMIS (Elle prend le poison).

Apportez l'insigne des légions à l'Adieu de Sémiramis
(A toi, mon Keth-Aour, et que ce poison nous rassemble).
Quel adieu conviendrait en même temps à vos prouesses
et à la rébellion qui me fait vous quitter,
vétérans de Ninos, témoins de mes premiers exploits.

LE CHŒUR

Sim mi ramout, Sim mi ramout.

SÉMIRAMIS

Légion de Bactres, je ne te mènerai plus à l'assaut.
Babyloniens, continuez mes monuments...
ô créneaux d'Ecbatane et paradis du Bagistan ;
je ne vous verrai plus. Légion médique ! Adieu,
Arméniens, le lac de Van ne reflètera plus mon image,

et mon pied ne foulera jamais les dalles de la ville que je nomme.
Légion de Cilicie, tu salueras pour moi, Tarse la belle cité. —
— Quand vous repasserez les chaînes du Liban,
souvenez-vous, mes Syriens !
Légion d'Ethiopie et toi, légion d'Egypte, adieu.
Adieu, enfin, légion de la Colombe,
qui eût dû m'obéir quand tous étaient rebelles.
(— Quelle malédiction mêlerait sur vos têtes —)
(— la force élémentaire et le courroux du Ciel ? —)
Et maintenant, repentez-vous,
et voyez en vos cœurs, l'ignoble ingratitude
dont vous avez payé mon aide surnaturelle.
Descendue des sommets célestes pour vous guider,
l'œuvre étant accomplie, je vous quitte.
Votre reine, qui ne saurait mourir, va disparaître.
(— Keth-Aour, ô mon Rêve, je vais à toi ! —)
Continuez d'être les invincibles (O prodigieuses brutes —).
Moi, je reprends ma place, parmi les Dieux ! (Elle s'affaise sur le trône.)

NARAM-SIN

A genoux, à genoux, devant la déesse d'Assour !

OURKAM

Adorez tous Sémiramis la Grande !

THÉATRE DE LA ROSE-CROIX

I. BABYLONE, tragédie en quatre actes.
II. PROMÉTHÉE, trilogie d'Eschyle restituée.
III. LE FILS DES ÉTOILES, en trois actes.
IV. LE PRINCE DE BYZANCE, en cinq actes.
V. SÉMIRAMIS.
VI. ŒDIPE ET LE SPHINX.
VII. ORPHÉE, trilogie.
VIII. LE MYSTÈRE DU GRAAL.
IX. LE MYSTÈRE DE ROSE-CROIX.
X. HÉLÈNE.

BEAUVAIS. — IMPRIMERIE PROFESSIONNELLE

BEAUVAIS — IMPRIMERIE PROFESSIONNELLE

www.ingramcontent.com/pod-product-compliance
Ingram Content Group UK Ltd.
Pitfield, Milton Keynes, MK11 3LW, UK
UKHW022132190726
13855UKWH00003B/1104

9 782013 054041